Zoe Kelvedon

UN RANCH POUR KATE

Zoe Kelvedon

UN RANCH POUR KATE

Un nouveau départ

Traduction de Raphaëlle Vigneron

Flammarion

Remerciement tout particulier à Elisabeth Faith

Titre original : *The Sanctuary Book 1*

87, quai Panhard et Levassor – 75647 Paris cedex 13
ISBN : 978-2-0813-0860-2

Chapitre I

Kate Sommers avait les yeux rivés sur la rangée de photographies qui tapissait le mur du bureau de la principale. Les regards figés et désapprobateurs des chefs d'établissement, qui s'étaient succédé au cours de ces cent dernières années firent tressaillir Kate. Elle entortilla les doigts autour de sa cravate pour essayer d'en desserrer le nœud. Elle était vraiment dans le pétrin, cette fois-ci. Elle avait mal aux jambes et désespérait de pouvoir s'asseoir.

Il y a des millions de personnes qui meurent de faim dans le monde, et on me met le couteau sur la gorge pour une misérable barre chocolatée. Enfin, pas si misérable que ça en fait, plutôt moelleuse, onctueuse... Sa bouche se tordit en une ébauche de sourire.

Grave erreur.

— Je ne vois décidément rien d'amusant à commettre un vol.

Mme Mordecai frappa son stylo contre le bloc-notes posé sur son bureau.

— Tu dois te rendre compte de la gravité de la situation.

Pff ! Kate jeta un coup d'œil à ses parents qui se trouvaient à ses côtés. Ils étaient si blêmes qu'on aurait dit qu'elle venait de déshonorer leur nom de famille, pour quelque chose comme, disons, *l'éternité*. Derrière eux, deux officiers de police en uniforme bleu marine étaient parvenus à se trouver une petite place dans la pièce. Kate tenta de s'expliquer :

— J'étais juste en train de penser à tous ces enfants dans le monde qui meurent de faim, et à nous, ici, qui faisons tout un plat pour une simple barre chocolatée.

Mme Mordecai se raidit.

Kate fit une nouvelle tentative :

— Oui, enfin, on est tout le temps en train de me parler du surplus alimentaire des pays occidentaux !

Elle regarda son père, dans l'espoir de trouver un allié, mais son visage resta de marbre.

— Bon, je crois que je devrais arrêter de m'enfoncer et attendre que vous décidiez de mon sort, après quoi nous pourrons tous reprendre nos vies là où elles en étaient *before* l'incident de la barre chocolatée.

Kate avait insufflé une note joviale au ton de sa voix.

— Tu n'as de toute évidence pas saisi les conséquences de tes actes, dit Mme Mordecai.

Elle joignit les mains.

— Je vais te demander de sortir, maintenant, le temps que je discute avec tes parents.

Comprenant qu'avancer tout autre argument ne la mènerait nulle part, Kate tourna les talons et quitta le bureau. Elle s'affala dans une des chaises qu'on avait placées à côté de la porte et enfouit la tête entre ses mains. Ses longs cheveux blonds couleur miel lui tombèrent sur le visage.

— *Before* l'incident de la barre chocolatée ? murmura-t-elle, incapable de croire que ces mots étaient sortis de sa bouche. Mais qu'est-ce qui ne tourne pas rond chez moi ?

La porte d'en face s'ouvrit, et les yeux de Kate plongèrent dans le regard compatissant de sa meilleure amie, Louisa.

— La police du chocolat en a fini avec toi ?

— Chut, gronda Kate. La police est vraiment là.

— Non ! s'exclama Louisa en pénétrant dans la pièce. T'es sérieuse ?

Kate acquiesça d'un signe de tête.

— Ils sont en train de parler avec mes parents et Mme Mordecai ; ils doivent faire des descriptions tellement crues des châtiments qu'ils me réservent que je n'ai même pas le droit de rester dans la pièce pour les écouter, soupira-t-elle sur un ton léger pour essayer de dissimuler son malaise grandissant.

— Mais tu ne leur as pas dit que c'était un pari et que tu allais rendre la barre chocolatée ? demanda Louisa.

Kate haussa les épaules.

— Je ne pense franchement pas qu'ils aimeraient entendre ça.

Les yeux ambrés de Louisa lancèrent des éclairs.

— Et bien si c'est comme ça, je vais rentrer dans ce bureau, moi, et tout leur expliquer.

Kate secoua la tête.

— Non, ne fais pas ça, supplia-t-elle. Ça ne ferait qu'empirer les choses. Et puis tu sais, si maman et papa me croient réellement capable de voler, je ne suis pas sûre d'avoir envie de leur fournir plus d'explications.

Louisa se laissa tomber sur la chaise accolée à celle de son amie.

— Ça craint vraiment.

— Tu m'en diras tant.

Kate soupira de nouveau.

— C'est encore pire que la fois où j'ai jeté une bombe à eau par la fenêtre de ma chambre et qu'elle est tombée sur une voiture. Comment j'aurais pu deviner qu'elle allait passer juste à ce moment-là ?

— Et que le conducteur allait perdre le contrôle de sa voiture et rentrer dans le portail de tes parents, ajouta Louisa.

Kate fronça les sourcils.

— C'est comme ça que tu comptes me réconforter ?

D'un geste léger, Louisa rejeta en arrière ses cheveux mi-longs châtain clair.

— Je ne fais que te préparer à ce qui t'attend. Parce qu'ils vont sûrement te mettre en miettes quand tu y retourneras.

— Merci beaucoup, dit Kate d'un ton sarcastique. C'est tout ce que j'avais besoin d'entendre.

La porte s'ouvrit et Mme Mordecai sortit la tête.

— Tu peux revenir, maintenant.

Louisa tendit le bras et pressa brièvement la main de Kate.

— Je t'attends ici, lui dit-elle.

— Alors ça, il n'en est pas question, répliqua Mme Mordecai. Retourne en classe immédiatement !

Kate vit qu'on avait installé une chaise pour elle à côté de celles de ses parents. Elle se jucha sur le bord du siège. Sa bouche était sèche.

Mme Mordecai ferma la porte.

— Nous étions en train de parler de ton dossier de ce trimestre-ci.

Le cœur de Kate se serra pendant que la principale regagnait son bureau.

— Tes professeurs s'inquiètent de ton manque d'attention en classe. Tu as eu zéro à trois devoirs maison parce que tu n'as pas rendu ton travail. Tu as séché une sortie en sciences et, vendredi dernier,

M. Harris a dû vous séparer, toi et Helen Salmon, alors que vous vous bagarriez dans la cour.

Mme Sommers poussa un bref soupir, laissant entendre son mécontentement.

— Je m'étais trompée de point de rendez-vous pour la sortie scolaire, et le temps que je m'en rende compte, le bus était déjà parti.

Kate implora ses parents du regard.

— Je n'ai pas fini, l'avertit Mme Mordecai.

Kate baissa les yeux et fixa ses mains d'un air mécontent.

— Je pense qu'on devrait tout de même donner à Kate une chance de s'expliquer, déclara alors son père.

Le remerciant du regard, Kate poursuivit :

— Je n'avais pas noté les bonnes dates pour rendre les devoirs ; je les ai faits, pourtant, mais les professeurs n'ont pas voulu les corriger.

Elle reprit sa respiration.

— Et Helen Salmon embêtait une nouvelle de notre classe ; j'étais juste en train de lui dire de la laisser tranquille quand M. Harris est intervenu.

— Mais les dossiers de tes camarades de classe sont vierges, eux, fit remarquer Mme Mordecai, et il est évident qu'aucune d'entre elles ne s'est fait prendre en train de voler.

— Je n'étais pas..., mais Kate s'interrompit.

Techniquement, elle était bel et bien en train de voler. Que ce fût pour un pari ou qu'elle ait eu l'intention de remettre cette barre chocolatée dans le magasin n'avait pas d'importance. *Je suis une voleuse.* Un sentiment de désarroi la submergea.

Le plus âgé des officiers de police, une femme, s'éclaircit la gorge :

— Le propriétaire du magasin ne veut pas engager de poursuites judiciaires, mais il a interdit aux élèves de l'école de remettre les pieds dans son établissement.

Elle avait l'air grave.

— J'espère que tu réalises à quel point ceci est sérieux. La prochaine fois, le propriétaire ne sera pas aussi indulgent et des poursuites seront assurément engagées.

— Il n'y aura pas de prochaine fois, dit Kate du bout des lèvres.

Mme Mordecai raccompagna les policiers à la porte. Elle regagna ensuite son bureau et s'adressa à Kate :

— J'ai fait part à tes parents de mes inquiétudes à ton sujet, et nous sommes tombés d'accord sur le fait que tu avais besoin de prendre un nouveau départ.

Kate se sentit soulagée.

— Certainement, oui, approuva-t-elle. Je vous promets qu'à partir d'aujourd'hui, je donnerai le meilleur de moi-même.

Mme Mordecai secoua la tête.

— Ce n'est pas ce que j'ai voulu dire. Nous pensons, donc, que le mieux pour toi serait de prendre un nouveau départ dans une nouvelle école. Comme l'année est quasiment terminée, tu peux t'en aller maintenant avec tes parents. Tu auras tout l'été pour chercher un autre collège où faire ta troisième.

Les yeux marron de Kate s'écarquillèrent d'effroi. *Je suis renvoyée ?* Son cœur se mit à battre la chamade. *Ce n'est pas possible ; ça ne peut pas m'arriver, pas à moi !*

Kate sortit son portable dernier cri de la poche de son blazer et s'assit dans l'embrasure de la fenêtre de sa chambre.

Mordecai a pété un plomb et m'a virée de l'école, écrivit-elle à Louisa. *Mes parents en sont malades. Appelle-moi dès que tu as ce message. Biz. K.*

Elle colla son front contre la vitre et fixa la maison d'en face. Le soleil faisait scintiller ses murs en pierre. Kate vit une femme ouvrir la porte d'entrée bleue, que deux lauriers minutieusement taillés encadraient. La femme tira sur sa veste, qui était impeccablement ajustée à sa taille, avant de sortir des clés d'un sac gigantesque. *Je parie qu'elle n'a pas une fille délinquante pour lui gâcher sa vie parfaite dans sa maison parfaite.* En repensant à l'injustice d'avoir été renvoyée de l'école pour de simples erreurs de parcours, Kate sentit la colère la gagner. *Tout le monde agit comme si je n'essayais pas d'y mettre du mien, mais c'est faux.* Elle baissa les yeux sur son téléphone qui bipait.

Suis en route. RDV à l'endroit habituel. Biz. L.

Ses parents ne la laisseraient sortir sous aucun prétexte. Après un moment d'hésitation, Kate ouvrit sa fenêtre. Un cerisier poussait au pied de la maison, et elle avait l'habitude de l'escalader dans un sens comme dans l'autre. Elle agrippa la branche la plus proche et descendit le long de l'arbre. Une fois à hauteur de la fenêtre de la cuisine, Kate fit une courte pause, puis jeta un coup d'œil à l'intérieur. *Personne !* Elle sauta à terre et se dépêcha de quitter l'allée.

Il y avait un parc au bout de sa rue. Kate franchit les grilles en fer forgé et descendit au pas de course l'avenue bordée d'arbres qui menait au kiosque.

— Kate !

Louisa se pencha par-dessus la balustrade et fit signe à son amie.

Kate dévala la pente qui débouchait sur le jardin situé en contrebas. Elle évita de justesse une flaque, sauta haut par-dessus les marches et atterrit dans le kiosque.

— Non, mais tu te rends compte ? lâcha-t-elle, d'une voix entrecoupée.

Louisa secoua la tête.

— Tout est de ma faute. Je suis vraiment désolée. Je n'aurais jamais dû faire ce pari avec toi.

— Peut-être, mais c'est moi qui l'ai accepté, soupira Kate.

— Il faudrait que je fasse une grosse bourde pour qu'on me vire, moi aussi, dit Louisa, les joues empourprées. Comme ça, on serait toutes les deux obligées de changer d'école et on pourrait rester ensemble.

Kate fut touchée par la suggestion de sa meilleure amie. Elle pressa le bras de Louisa.

— C'est hors de question. Crois-moi, tu n'aimerais pas que tes parents soient complètement effondrés par ta faute. Ce n'est vraiment pas beau à voir.

— Qu'est-ce qu'ils ont dit ? demanda Louisa d'une voix teintée de curiosité.

Kate haussa les épaules.

— Rien de plus que d'habitude. D'abord, ils étaient furieux d'avoir dû, tous les deux, quitter leur travail. Maman a été obligée de laisser son assistant faire la mise en place pour une séance photo.

La mère de Kate était dans la publicité alimentaire, tandis que son père travaillait pour le ministère de la Défense britannique.

— Après, ils ont fulminé sur les devoirs que je n'avais pas rendus et d'autres trucs.

Kate avait les yeux fixés sur les plates-bandes dont les couleurs profuses annonçaient le début de l'été.

— Et puis, ils m'ont envoyée dans ma chambre, le temps qu'ils décident quelle punition m'infliger.

Ils n'ont pas arrêté de me dire à quel point ça renvoyait une mauvaise image d'eux en tant que parents.

Kate leva les yeux au ciel :

— Ils ne pensent qu'à eux, pas à moi. Est-ce qu'ils se sont dit, ne serait-ce que l'espace d'une seconde, que j'étais peut-être innocente ?

Elle glissa son bras sous celui de Louisa, et les deux amies marchèrent jusqu'au lac. Des mouettes tournoyaient au-dessus d'elles et fondaient sur l'eau scintillante. Kate et Louisa s'assirent sur un banc installé à proximité des bateaux qui étaient amarrés là.

— Bon, déjà, dans un peu moins d'une semaine, on sera en vacances, dit Louisa. On aura tout l'été pour passer du temps ensemble.

Kate acquiesça.

— Et dans trois semaines, on part faire du cheval !

Ses pensées s'éclaircirent à l'idée de la semaine qu'elle allait passer avec sa meilleure amie à faire de la randonnée équestre dans les Brecon Beacons[1].

— Ça va être les meilleures vacances qu'on n'ait jamais passées, dit Louisa. Pas de parents, pas d'école...

— Déjà tout ce qu'il faut pour des vacances sensationnelles avant même que tu ne mentionnes les chevaux.

Kate sourit.

— Que dirais-tu d'une glace ? Il me reste encore tout l'argent de mon déjeuner.

1. Parc national montagneux du sud du Pays de Galles.

Elle se rendit sur la rive opposée du lac et revint du camion à glaces avec deux cônes nappés de coulis de chocolat et de fraise.

— Ma préférée, se réjouit Louisa, les yeux pétillants.

Pendant qu'elles dégustaient leur glace, elles se mirent à imaginer des histoires sur le nom des bateaux qui étaient amarrés devant elles. Kate montra du doigt la goélette dont la coque était flanquée du nom *Katherine.*

— Katherine était la fille d'un comte. Ses parents, qui n'aspiraient qu'à une seule chose, se débarrasser de cette fille dont ils n'avaient jamais voulu, l'avaient mariée à un homme qu'elle n'aimait pas. Katherine détestait son nouveau mari qui se montrait cruel envers elle et qui la gardait enfermée dans son château. Un jour, n'y tenant plus, elle se jeta du haut du donjon. Ses parents réalisèrent, trop tard, qu'ils n'avaient jamais pris le temps de connaître leur fille et de l'apprécier pour ce qu'elle était vraiment. Ils ne se le pardonnèrent jamais et finirent leur vie quasiment reclus. Ils firent construire un bateau qu'ils nommèrent *Katherine* pour que leur fille puisse voguer librement, et qu'on se souvienne à jamais d'elle.

— Jusqu'à ce que le bateau rouille et finisse au milieu d'un tas de ferraille, ajouta Louisa, le regard malicieux.

Kate lui tira la langue.

— Tu ne fais preuve d'aucune poésie, voilà ton problème.

Elle jeta un coup d'œil à sa montre et devint livide.

— Oh bon sang ! Ça fait plus d'une heure que je suis partie !

Elle sauta sur ses pieds.

— Il faut que j'y aille. Si mes parents s'aperçoivent que j'ai quitté ma chambre, je serai privée de sorties jusqu'à mes dix-huit ans !

Kate courut jusqu'au cerisier. *Faites qu'il n'y en ait pas un qui regarde par la fenêtre.* Mais au moment même où elle posait un pied sur la branche la plus basse, la porte d'entrée s'ouvrit.

— Kate, l'appela son père sur un ton glacial. Viens au salon, tout de suite.

Le cœur battant la chamade, Kate suivit son père dans l'entrée carrelée. Sa mère l'attendait, debout devant la cheminée.

— Maman..., commença Kate.

Sa mère leva la main.

— Je ne veux rien savoir, Kate.

Elle avait le teint pâle.

— Tu as l'air bien décidée à nous pousser à bout. Tout ce qu'on te demandait, c'était de rester dans ta chambre, et tu n'es même pas capable de faire ça !

Kate sentit le rouge monter à ses joues.

— Je suis désolée.

— Non, répliqua Mme Sommers en haussant la voix. Tu es simplement désolée de t'être fait prendre.

Le père de Kate traversa la pièce et regarda par la fenêtre.

— Il est clair que nous remplissons mal notre rôle de parents. Il soupira : J'imagine que nous t'avons peut-être trop gâtée. Tu ne sais pas apprécier la valeur des choses, et on dirait qu'il t'est difficile de faire la différence entre le bien et le mal.

Cette accusation injuste blessa Kate.

— Ce n'est pas vrai, se défendit-elle.

— Si ce n'est pas vrai, alors ce que tu as fait aujourd'hui est encore pire. M. Sommers posa ses mains sur le dos d'un fauteuil crème. Car cela signifie que tu as délibérément choisi de mal agir.

Les épaules de Kate s'affaissèrent. Elle ne pourrait pas gagner.

— Nous en avons conclu que ce dont tu avais besoin était d'une bonne dose de réalité.

M. Sommers jeta un coup d'œil à sa femme. Celle-ci approuva de la tête.

— Nous allons t'envoyer passer l'été chez ta tante.

Les yeux de Kate allèrent de sa mère à son père. *Ils se débarrassent de moi comme d'un vieux meuble.*

— Tante Alison ne voudra pas m'accueillir, dit-elle en essayant de garder un ton égal. Elle est toute stressée quand on reste plus d'une heure chez elle.

— Nous ne parlons pas de la sœur de ton père, répliqua Mme Sommers, mais de la mienne.

Kate la dévisagea.

— Vous m'envoyez chez tante Lizzie ? demanda-t-elle en haussant le ton. Vous m'envoyez en Argentine ?

Sa mère s'écroula dans le canapé posé à côté de la cheminée.

— Oui, répondit M. Sommers à la place de sa femme. Nous en avons longuement parlé et nous sommes persuadés que c'est la meilleure chose que nous puissions faire pour toi. En plus, je vais aller travailler comme consultant au Moyen-Orient les deux mois qui arrivent, et ta mère va m'accompagner.

— Ce que tu veux dire, c'est qu'en fait, c'est la meilleure chose à faire pour vous, rétorqua Kate. Je parie que vous êtes contents, maintenant que je vous ai donné une excuse pour vous débarrasser de moi pendant les vacances !

Les yeux de son père s'assombrirent.

— Tu auras l'occasion d'apprendre la valeur du travail au ranch de Lizzie, et tu seras loin de tes amis qui ont clairement une mauvaise influence sur toi.

— Louisa n'a pas mauvaise influence ! s'emporta Kate.

Une pensée lui traversa alors l'esprit.

— Et vous ne pouvez pas m'envoyer là-bas de toute façon. On part en vacances dans trois semaines !

Une vague de triomphe la submergea. Son père secoua brièvement la tête.

— Nous avons appelé le centre équestre pour annuler ton inscription, annonça-t-il.

Kate écarquilla les yeux.

— Vous avez fait quoi ?

— Tu pars en Argentine pour les vacances d'été, déclara son père. Un point c'est tout.

Chapitre II

— Vous ne pouvez pas faire ça ! cria Kate.

Louisa et elle avaient planifié leurs vacances depuis des mois. Elles étaient allées voir sur *Google Earth* leur itinéraire et avaient parcouru de long en large le site du centre équestre pour trouver les photos des chevaux qu'elles espéraient monter.

— Non, continua-t-elle. Vous ne pouvez pas m'envoyer en Argentine. J'irai passer l'été chez Louisa. Au moins, on voudra bien de moi là-bas !

Elle tourna les talons et sortit de la pièce en courant.

— Kate ! appela Mme Sommers. Reviens ici !

Kate plaqua les mains sur ses oreilles et se rua dans l'escalier. D'un coup de pied, elle ouvrit la porte de sa chambre, la claqua derrière elle et se jeta sur son lit.

Soudain, son téléphone vibra dans sa poche, puis sonna.

— Tu as réussi à rentrer sans te faire prendre ? demanda Louisa dès que Kate eut décroché.

— Raté, répondit-elle.

— Qu'est-ce qu'ils ont dit ?

— Ils pensent que j'ai besoin d'être confrontée à la réalité, donc ils m'envoient passer l'été en Argentine, énonça Kate sur un ton impassible.

— Arrête ! s'étonna Louisa. Ils abusent là. Vas-y, raconte.

Enfin quelqu'un qui est sur la même longueur d'ondes que moi, pensa Kate.

— Et nos vacances ? enchaîna Louisa.

Kate s'assit.

— Tu ne vas jamais le croire. Mon père a téléphoné au centre et m'a désinscrite.

Une nouvelle vague de colère l'envahit. Le silence se fit au bout du téléphone.

— J'espérais pouvoir venir m'installer chez toi, hasarda Kate. Et si c'est possible, alors je me réinscrirais.

— Je peux toujours demander, dit Louisa d'un ton dubitatif. Mais ma sœur va rentrer de l'université, et on va être encore plus à l'étroit qu'on ne l'est déjà.

— Je dormirai sur le canapé, proposa Kate. Je dormirai même par terre si c'est le seul moyen qu'on ait pour passer l'été ensemble.

— Je demanderai ce soir, après le repas, lui promit Louisa. Et s'ils ne veulent pas, on trouvera bien autre chose. À plus.

— À plus, répéta Kate.

Elle se pelotonna sur son lit et regarda le cadre posé sur son bureau. La photo avait été prise quatre ans auparavant au ranch de sa tante. Kate avait passé un bras autour des épaules de sa cousine, et les deux filles riaient en direction de l'appareil. Derrière elles, se trouvait un magnifique hongre bai.

— Phoenix, murmura Kate en repensant au talentueux poney de polo qui était capable d'effectuer une pirouette autour d'une pièce de monnaie.

Cet hongre faisait la joie et la fierté de son oncle, Carlos ; il était le descendant de son étalon Escalera, dont la lignée avait rendu célèbres dans le monde entier les poneys des Batistuta pour leurs performances au polo. Kate avait neuf ans à l'époque. Elle avait passé un mois au ranch avec sa mère. L'espace d'un instant, elle se remémora la belle maison blanche et sa piscine, dans laquelle elles plongeaient dès que la température extérieure le leur permettait. Elle repensa aux hectares de paddocks aux clôtures de bois dans lesquels les chevaux paissaient et à la carrière dans laquelle ils s'entraînaient. Elle n'avait pas eu le droit de monter les précieux poneys de polo de son oncle mais, chaque jour, elle avait chevauché Nando, le poney de sa tante qui était en partie à la retraite.

Kate laissa échapper un rire chagrin. À n'importe quel autre moment, elle aurait trouvé la décision de ses parents fabuleuse. *Mais pas dans ces conditions*, s'indigna-t-elle intérieurement. *Pas s'ils se débarrassent de moi parce qu'ils pensent que je ne fais que causer des problèmes et que je suis une voleuse.* Non, il n'était pas question qu'elle facilite les choses à ses parents.

Son téléphone bipa. À la lecture du message, sa gorge se noua.

T parents ont téléphoné o mien pour leur raconter. N'ai pas le droit 2 t'appeler et tu ne peux pas venir chez moi. N'arrive pas à y croire. Essaierai 2 t'appeler 2m1. Biz. L.

D'un battement de paupières, Kate refoula des larmes de frustration. Ses parents n'allaient manifestement pas revenir sur leur décision, cette fois-ci. Ils étaient plus que jamais déterminés à l'envoyer passer l'été loin d'ici. *Dans ce cas,* pensa Kate en secouant la tête pour dégager son visage de ses cheveux, *il va falloir que je fasse en sorte d'être renvoyée ici, au plus vite.*

— Ça ne va pas suffire, dit la mère de Kate qui inspectait le contenu du sac. Et tu auras bien du mal à porter tes robes de créateurs au ranch.

Elle sortit du bagage les tenues habillées préférées de sa fille.

— C'est le monde du polo, maman ; ils ne vont pas passer tout l'été sans faire la fête, remarqua Kate.

Elle replia ses robes et les reposa dans son sac.

— Bon, si tu veux, concéda sa mère, mais tu n'as tout de même pas pris assez d'affaires pour deux mois.

Elle se pencha sous le lit de Kate et en sortit une valise.

— On n'a vraiment pas beaucoup de temps pour faire ça ! Tu vas rater ton avion !

— Quelle poisse ! lança Kate d'un ton sarcastique.

Ignorant la remarque de sa fille, Madame Sommers ouvrit les tiroirs et se mit à entasser dans la valise des piles de tee-shirts, de jeans et de shorts.

— Tu as pris ton nouveau pantalon d'équitation et tes bottes ? vérifia-t-elle.

Kate acquiesça. La seule chose qui lui plaisait dans ce voyage était le tour à cheval qu'elle se promettait de faire avant d'être renvoyée en Angleterre.

— C'est ton père qui a ton passeport et ton argent de poche, déclara Mme Sommers tout en s'affairant. L'anxiété se lisait dans ses yeux bleus qui faisaient le tour de la pièce une dernière fois.

— Je pense qu'on n'a rien oublié.

— Déstresse maman, temporisa Kate.

Elle fit claquer le couvercle de sa valise.

— Tout ira bien.

— Faut y aller ! appela son père du bas des escaliers.

— Je vais porter ça, dit Mme Sommers d'un ton hésitant.

Elle se pencha et saisit la valise.

— Kate...

— Allez, maman, l'interrompit Kate.

La dernière chose dont elle avait envie était d'être assaillie par une « minute sentimentale ». Surtout quand elle avait prévu de rentrer d'ici deux semaines maximum. Elle enfila son sac sur ses épaules et descendit au rez-de-chaussée.

— Prête ? demanda son père en s'emparant de son sac à dos pour le mettre dans le coffre.

— Prête, répondit Kate en montant à l'arrière de la voiture.

Le trajet jusqu'à l'aéroport d'Heathrow se fit dans le silence le plus total. Au moment d'enregistrer les bagages, Kate commença à se sentir mal à l'aise. Lorsqu'ils s'installèrent ensuite à une table pour boire un chocolat chaud, Kate lâcha soudain :

— Je voulais juste que vous sachiez que je n'ai pas volé cette barre chocolatée. C'était un pari. J'allais la remettre dans le magasin.

L'expression sur le visage de son père s'adoucit.

— Nous savons que tu n'es pas une voleuse, Kate.

Il ébaucha un sourire.

— Irréfléchie et impulsive peut-être, mais une voleuse, ça non.

— Mais vous m'envoyez quand même là-bas ? demanda Kate, confuse.

— Je pense sincèrement que ce sera une bonne expérience pour toi, répondit M. Sommers.

Il fit une courte pause.

— Kate, la plupart des ennuis que tu t'attires viennent du fait que, pour toi, le monde est soit noir soit blanc. Il faut que tu apprennes qu'il existe plein d'autres couleurs.

— J'aime les monochromes, s'obstina Kate.

Sa mère lui caressa la joue.

— Tu vas tellement nous manquer, murmura-t-elle.

La colère de Kate envers ses parents se dissipa subitement.

— Vous aussi, vous allez me manquer, admit-elle.

Alors qu'elle se levait pour les serrer dans ses bras, une voix décidée résonna dans sa tête : *Mais je serai vite de retour.*

— Kate Sommers !

Kate entendit son nom crié et se mit à chercher qui l'avait appelée. L'aéroport de Salta était plus petit et moins encombré que celui de Buenos Aires, où elle avait fait une escale. Le carrelage brillant de propreté reflétait l'éclairage vif des plafonniers. Kate plissa les yeux pour voir à travers la lumière éblouissante. À quelques pas de là, un homme âgé, au visage mat et profondément ridé, était tourné vers elle.

— Kate ! appela-t-il de nouveau en agitant le bras.

Kate se souvint vaguement d'avoir vu cet homme lors de son dernier séjour en Argentine. *Comment s'appelle-t-il déjà ?* Il s'approcha d'elle à grandes enjambées, tandis qu'elle tentait de se rappeler son nom.

— Rafael Cambiaso, se présenta-t-il, lui évitant ainsi cette peine.

Il prit son sac à dos et la laissa tirer la valise.

— Tu te souviens de moi ? Tu n'étais pas plus grande que ça à l'époque, dit-il en portant sa main à hauteur de l'épaule de Kate.

Tout à coup, Kate eut un déclic.

— Oui, bien sûr, vous êtes le régisseur du ranch, répondit-elle.

Elle lui sourit tout en cherchant sa tante du regard par-dessus son épaule.

— Lizzie s'excuse, mais elle est en rendez-vous avec ses avocats. Elle sera de retour pour le dîner.

Rafael la mena jusqu'à la sortie. Dehors, le soleil brillait. Alors que Kate cherchait dans son sac ses lunettes de soleil, Rafael ouvrit la porte passager de sa Jeep.

— Ça va faire du bien de t'avoir parmi nous, Kate Sommers, déclara-t-il avec un accent prononcé. Un peu de gaieté ne fera pas de mal au ranch.

Il était garé derrière un bus blanc et, lorsqu'il démarra, Kate put lire les mots *Traslando Aeropuerto Salta* qui étaient inscrits sur le côté de la navette. La jeune fille regretta soudain de ne pas avoir été plus attentive pendant les cours d'espagnol. *J'imagine que je suis bonne pour un cours intensif.*

Rafael ralentit à un croisement et attendit qu'un bus passe avant de repartir. Au loin, des montagnes rouges et onduleuses se dressaient dans le ciel outremer.

— Ce sont de sacrées collines, murmura Kate.

Rafael s'esclaffa, et Kate agrippa son siège comme la Jeep faisait une petite embardée.

— Il n'y a que les Anglais pour dire que les Andes sont des collines. Toi, au moins, on ne peut pas dire que tu en rajoutes !

Il se pencha en avant et alluma la radio sans attendre la réponse de Kate. Dans les haut-parleurs retentit le bruit caractéristique d'un match de football.

— Allez, Central Norte ! scanda-t-il.

Kate enfonça la tête dans le siège. *Pourquoi le ranch a-t-il besoin de gaieté ?* se demanda-t-elle en repensant à ce qu'avait dit Rafael un peu plus tôt. Ne souhaitant pas parler par-dessus les commentaires du match, elle tourna la tête et regarda par la fenêtre. Alors que les tours et les flèches richement ornées de Salta s'éloignaient derrière eux, Kate remarqua la statue d'un cheval et de son cavalier posée sur un socle de pierre. Elle sourit en imaginant que le cavalier tenait à la main un maillet de polo et que l'inscription sur le monument signifiait *L'équipe Batistuta.*

Rafael roulait sur une longue voie rapide, et l'image des chaînes de montagnes écarlates et escarpées qui disparaissaient dans l'horizon s'imprégna dans la mémoire de Kate. Plus près du bord de la route, des rangées de buissons feuillus aux grosses branches noueuses s'étalaient au pied de la vallée cultivée.

— Des vignes, commenta Rafael. Les raisins se plaisent bien dans notre climat.

Kate espérait qu'elle n'allait pas avoir droit à un cours de géographie quand une clameur s'éleva soudain de la radio et que Rafael s'écria :

— But !

Kate ferma les yeux en souhaitant que Rafael comprenne qu'elle n'avait pas envie d'en savoir plus. Elle n'était pas sûre de pouvoir affronter une décharge d'informations sur les conditions climatiques de Salta. *Ça m'embête déjà assez de devoir les découvrir par moi-même,* pensa-t-elle en sombrant dans le sommeil.

Le klaxon de la Jeep réveilla Kate. Elle cligna des yeux et regarda par la fenêtre.

— Qui est-ce que vous klaxonnez ? demanda-t-elle d'une voix endormie.

La route qui s'étalait devant eux était déserte.

— J'annonce l'arrivée de Kate Sommers, répondit Rafael en klaxonnant une nouvelle fois.

— D'ac-cord, dit Kate lentement. Vous savez qu'il n'y a personne dans les parages, non ?

— Peu importe.

Rafael klaxonna encore alors qu'il ralentissait pour franchir le portail ouvert de l'allée qui menait au ranch. Kate scruta les grilles rouillées qu'on avait calées contre la clôture. On aurait dit qu'elles n'avaient pas bougé depuis un certain temps. Pourtant, elle était persuadée que la dernière fois qu'elle était venue, les grilles s'ouvraient électriquement quand on sonnait à l'interphone. Elle leva les yeux et vit les mots *Ranch Batistuta* gravés sur la voûte de pierre. Au moins, ils n'avaient pas changé, eux. Elle fronça soudain les sourcils en apercevant une pancarte *À Vendre* clouée sur le pilier du fond. *Qu'est-ce qui est à vendre ?* se demanda-t-elle. *Des bêtes ?*

Rafael accéléra pour remonter le chemin de terre. Kate parcourut du regard les paddocks situés de part et d'autre de la piste.

— Les chevaux sont à l'écurie ? demanda-t-elle comme elle réalisait que les enclos étaient vides.

— Quels chevaux ? répondit Rafael en changeant de vitesse.

Il perd la tête, en conclut Kate. *Trop de soleil peut s'avérer dangereux. Je ne sortirai jamais sans mettre de chapeau.*

Alors qu'ils passaient devant les enclos principaux, un poney alezan leva la tête et hennit.

— Nando ! s'exclama Kate.

La jeune fille était ravie de revoir le vieux poney sur lequel elle avait appris à monter. Nando trotta le long de la barrière. Kate nota que la peinture blanche de la palissade s'écaillait. Comment se faisait-il que tout ait l'air si négligé ? *Est-ce que Carlos et son équipe traversent une mauvaise passe ?*

— Pourquoi Nando est-il tout seul ? demanda-t-elle à Rafael alors qu'ils s'arrêtaient devant le ranch.

D'ordinaire, les poneys qu'on entraînait pour le polo paissaient en troupe dans les grands paddocks, qui pouvaient accueillir jusqu'à vingt bêtes chacun.

Rafael sortit les bagages du coffre et grimpa les marches menant à la véranda. Il déposa les sacs au pied de la balancelle, puis se tourna vers Kate.

— Nando est le seul qui reste.

Kate écarquilla les yeux, alors qu'un poids lui tombait sur le ventre.

— Qu'est-il arrivé aux autres ? s'empressa-t-elle de demander.

Elle repensa aux chevaux de polo de son oncle, à sa petite troupe de poulinières et aux poulains et yearlings hauts sur pattes qui remplissaient les enclos.

Rafael haussa les épaules.

— Señor Batistuta les a emmenés dans son nouveau ranch, de l'autre côté de la ville.

— Temps mort ! annonça Kate, les mains placées en forme de T. Vous allez devoir m'éclairer un peu là. Son nouveau ranch ? Quel nouveau ranch ? Lizzie et Carlos déménagent ?

Son moral remonta. Le niveau de tolérance de son oncle et de sa tante serait au plus bas s'ils avaient le stress d'un déménagement à gérer. *Au moindre problème, ils me colleront dans un vol pour Londres.*

Rafael plissa les yeux.

— Ta tante t'expliquera tout.

Il fit un signe de tête en direction des bagages.

— Tu vas réussir à porter tes affaires à l'intérieur ?

— Sans problème, répondit Kate d'un ton distrait.

Elle regarda autour d'elle et s'aperçut que certaines des briques sur le toit incliné du ranch étaient cassées. Puis elle vit, à travers les grilles en fer forgé qui menaient au jardin clos, que la piscine avait été vidée. De la vase verte et noire s'était déposée sur les bords. Kate soupira. Elle avait chaud et se sentait collante après tout ce temps qu'elle avait passé dans l'avion et la voiture. Elle aurait adoré se baigner. *Je doute que les nouveaux propriétaires soient contents d'acquérir un endroit en si mauvais état,* pensa-t-elle en s'asseyant sur la balancelle. Elle observa Rafael qui disparaissait au coin du ranch, se rendant probablement aux écuries.

Ses yeux se posèrent alors sur Nando, qui s'était approché de la barrière de l'enclos. Regrettant de ne pas avoir un petit quelque chose à lui offrir, Kate sauta sur ses pieds pour aller lui dire bonjour. Derrière elle, la porte grillagée claqua. Elle se retourna et découvrit une jeune fille aux cheveux roux foncé coupés très court. Elle portait un short en jean et un tee-shirt sans manche Diesel. Kate fut surprise de voir à quel point sa cousine avait changé en l'espace de trois ans. *Mais j'imagine que moi aussi, j'ai changé,* pensa-t-elle.

— Salut, Clara, dit-elle en souriant. Je ne savais pas s'il y avait quelqu'un.

Clara regarda Kate en plissant ses yeux verts.

— Salut. Je pense que le mieux serait que tu rentres à l'intérieur.

Elle fit demi-tour et s'engagea dans la maison.

— *Salut, Kate ! Ça fait plaisir de te voir depuis tout ce temps. Comment s'est passé ton voyage ?* marmonna Kate en ramassant ses bagages.

Dans l'entrée du ranch, les murs de brique ocre et les plantes touffues qui poussaient dans des pots en terre cuite donnaient l'impression de pénétrer dans une oasis. Kate abandonna ses bagages au pied de l'escalier en pierre et franchit les portes battantes de la cuisine.

— T'as soif ? demanda Clara en ouvrant le robinet.

Le ventre de Kate gargouilla, et elle regretta d'avoir laissé son déjeuner dans l'avion. La fierté l'empêcha de demander s'il y avait quelque chose à manger et elle accepta le verre d'eau que lui tendait sa cousine. Devinant qu'on n'allait pas lui proposer de s'asseoir, elle tira un des tabourets du bar.

L'air désespéré de Clara quant à devoir l'accueillir et lui faire la conversation était presque comique.

Kate sentit soudain une migraine la gagner.

— Écoute, dit-elle d'une voix fatiguée, je ne veux pas te retenir si tu as prévu quelque chose.

— Je vais te montrer ta chambre, annonça Clara, l'air soulagé. Maman ne devrait pas tarder à revenir si tu as besoin de quelque chose.

Un billet de retour, ce serait possible ? Kate garda ce commentaire pour elle et sortit de la cuisine à la suite de Clara. Elle ramassa ses bagages et les hissa dans l'escalier tournant. Les chambres avaient été construites sous les avant-toits, ce qui avait permis de dégager un long couloir. Clara marcha jusqu'au bout de ce couloir et ouvrit une porte qui donnait sur une petite chambre.

— Et voilà, déclara-t-elle. Désolée de ne pas pouvoir rester, mais j'ai un cours de théâtre en ville.

Kate entra dans la chambre et remarqua qu'on avait posé un vase de dahlias sur la coiffeuse blanche. *Il y a au moins quelqu'un qui a fait un effort pour que je me sente bienvenue.* Elle posa ses bagages et se retourna pour remercier sa cousine d'être passée, mais Clara était déjà partie.

Kate se mordit les lèvres. *Tu ne vas quand même pas t'apitoyer sur ton sort,* pensa-t-elle. *Ce n'est pas comme si tu étais venue ici dans l'intention de t'éclater.* Elle s'allongea sur le couvre-lit blanc uni. *Et plus je suis ici, plus j'ai hâte de repartir !*

Chapitre III

La lumière vive des rayons du soleil qui filtraient par la fenêtre réveilla Kate. Elle pressa un bras contre ses yeux et grommela. Elle jeta ensuite un coup d'œil à sa montre et se rendit compte qu'elle n'avait dormi qu'un peu plus d'une heure. Son mal de tête était encore lancinant, mais elle l'ignora et se redressa sur le lit pour décider quoi faire. *Je vais juste aller voir à quel point les choses ont changé par ici,* décréta-t-elle en enfilant ses tongs. Elle se souvint alors de l'arrière-cour, flanquée de box tout du long, et des deux granges spacieuses qui se trouvaient au fond. Il était difficile d'imaginer les lieux sans chevaux ni palefreniers.

Kate se tourna vers la toute petite fenêtre comme elle entendit dans le lointain un moteur, qui jusque-là ne faisait que murmurer, se mettre à vrombir réellement. Elle traversa la pièce et regarda au-dehors pour voir d'où provenait le bruit, mais son champ de vision était restreint aux traces de pneus qui faisaient demi-tour devant le ranch. En s'accroupissant un peu plus, elle parvenait à distinguer, sur la droite de l'allée, le terrain d'entraînement de polo dont l'herbe était trop haute et, sur la gauche, le paddock le plus proche. Nando, qui somnolait la tête affaissée, donnait de temps à autre un coup de queue. Kate s'étira, puis se dirigea vers la porte. Elle descendit les escaliers d'un pas léger et sortit. Elle passa devant l'enclos de Nando et remarqua les orties et l'herbe d'une ancienne pelouse qui poussaient contre la barrière. Le long du paddock, se trouvait la carrière. Sa clôture méritait un bon coup de peinture, et le sol était retourné de toutes parts. Il y a quatre ans, le mélange de sable et de copeaux de caoutchouc était soigneusement ratissé après chaque entraînement.

Ça m'étonne que Lizzie laisse les choses aller ainsi, pensa Kate qui contournait le ranch. *Même si elle vend, elle devrait avoir envie que l'endroit soit joli pour attirer les acheteurs.* Elle pénétra dans l'arrière-cour, et le bruit du moteur s'amplifia. Il semblait venir de la plus petite des granges, dont les doubles portes étaient grandes ouvertes. Le cœur de Kate se serra lorsqu'elle découvrit les rangées de box vides et les mauvaises herbes qui poussaient entre les pavés de la cour. Rafael ne lui avait pas menti quand il lui avait dit qu'il ne restait plus rien. Elle repensa à la dernière fois où elle s'était trouvée au même endroit. C'était le dernier jour de son séjour ici, et l'un des palefreniers lui avait donné un cours d'équitation dans la carrière. Elle avait monté Nando, et sa cousine Jet-stream, son hongre noir. Après avoir bouchonné les poneys et les avoir reconduits dans leur box, les deux filles avaient fait un tour du ranch pour que Kate fasse ses adieux. Ne parvenant pas à quitter les lieux, elle était restée longtemps immobile et avait essayé de s'imprégner de chaque détail du paysage et de chaque bruit qui y résonnait. Elle s'était enfin décidée à regagner la maison lorsque son oncle, suivi de son équipe de polo, avait pénétré dans la cour sous le claquement des sabots de leurs montures resplendissantes.

Kate, perplexe, secoua la tête. *Comment se fait-il que tout ait autant changé ?* Elle traversa lentement la cour et hésita quelques instants devant la grange en entendant le son métallique et fracassant qui en sortait à cadence régulière.

— Bonjour ! lança-t-elle du pas de la porte.

Mais le tintamarre couvrit sa voix. Elle cria de plus belle :

— Bonjour !

Le bruit d'un outil qu'on jetait à terre résonna et, quelques instants plus tard, un garçon en salopette passa la tête par la porte. Kate supposa qu'il avait environ deux ans de plus qu'elle.

— Oui ? dit-il, ses yeux couleur ambre emplis de points d'interrogation. Tu cherches quelqu'un ?

— Non, pas du tout, répondit Kate.

Le garçon fronça ses sourcils noirs qui se rejoignirent.

— Comment ça ?

Il dégagea la mèche de cheveux bruns qui lui tombait sur le front et lança à Kate un regard déconcerté.

— Si tu n'es pas venue pour voir quelqu'un, alors qu'est-ce que tu fais là ?

— Oh, je ne faisais que passer.

Kate haussa les épaules avant de réaliser que ses paroles laissaient entendre qu'elle était une intruse.

— Je suis Kate Sommers, la nièce de Lizzie. Je suis censée passer tout l'été ici.

Le garçon hocha brièvement la tête, puis rentra dans la grange.

Son attitude embarrassa Kate. L'avait-on dépourvu de curiosité ou bien quoi, alors ? Elle rejeta en arrière son épaisse chevelure qui lui tenait chaud et emboîta le pas au garçon.

— Est-ce que je dois deviner qui tu es ? cria-t-elle par-dessus le bruit du groupe électrogène.

Le garçon, qui se baissait pour attraper une clé, s'arrêta.

— Luis, répondit-il. Luis Cambiaso.

Kate, qui examinait les lieux, retint à peine son prénom.

— Pourquoi la grange est-elle dans cet état ? s'étrangla-t-elle comme ses narines se remplissaient de l'odeur d'essence qui avait remplacé le doux parfum du foin.

La partie de la grange qui avait autrefois servi de sellerie était désormais envahie par des pièces de voiture et de vélo, et des outils étaient suspendus aux crochets muraux à la place des selles. Deux voitures, dont le capot était ouvert, étaient garées au fond de l'écurie là où, il fut un temps, on stockait la nourriture des bêtes et le foin. Kate ferma les yeux en espérant que quand elle les rouvrirait, l'atelier de mécanique aurait miraculeusement disparu et qu'à la place se trouveraient des rangées de selles lustrées et un tas de foin doré. *Avec un peu de concentration...*, pensa-t-elle en battant des paupières. Mais quand elle rouvrit les yeux rien n'avait changé.

— Ça ne te plaît pas ? demanda Luis d'un ton neutre.

Il se dirigea vers la voiture la plus proche, s'agenouilla, puis plaça une clé à cliquet sur l'un des écrous d'une roue. Il s'empara d'une sorte de marteau et cogna fort sur la clé.

— Oui ! triompha-t-il au moment où l'écrou se détacha.

Kate se rapprocha.

— Qu'est-ce que tu crois ?

Luis la regarda par-dessus son épaule.

— Je crois que ce que Kate Sommers ressent en voyant cet endroit n'a pas vraiment d'importance comparé à ce que Lizzie Batistuta en pense, elle.

Kate croisa les bras.

— Et qu'est-ce qu'elle en pense exactement ?

Luis haussa les sourcils.

— Tu es sa nièce et tu n'es pas au courant ?

La frustration s'abattit sur Kate.

— Écoute. Je viens juste d'arriver. Je pensais que j'allais passer mes vacances à monter à cheval, à me baigner et faire la fête. Et au lieu de ça, je me retrouve dans une version asséchée de l'énigme de la *Marie Celeste*. Je ne sais pas pourquoi cet endroit est en train de dépérir, ni pourquoi il y a une pancarte *À Vendre* à l'entrée, ni pourquoi ma tante n'est pas là pour m'accueillir ni même qui tu es.

Elle s'interrompit, consciente qu'elle était sur le point de laisser échapper des larmes de colère.

Luis la dévisagea quelques instants, puis lui tendit la main.

— Recommençons depuis le début, suggéra-t-il. Luis Cambiaso. Enchanté. Rafael et Santa sont mes grands-parents ; je vis avec eux dans l'annexe.

Kate fronça les sourcils. Elle ne se souvenait pas avoir déjà vu Luis.

— Je me suis installé ici il y a deux mois, ajouta-t-il.

— Alors pourquoi est-ce que cette grange a-t-elle été transformée en une sorte de...

Kate grimaça en examinant l'espace qui l'entourait.

— ... d'atelier, finit Luis.

Il plaça la clé sur un autre écrou.

— J'allais dire dépôt de ferraille, admit Kate.

— On dirait que le tact de Lizzie n'est pas vraiment inscrit dans les gènes de la famille, plaisanta Luis.

Il sourit, dévoilant de belles dents blanches.

Kate rit timidement. Sa remarque était juste ; sa tante était réputée pour sa diplomatie.

— Excuse-moi, sourit-elle. Et donc, qu'est-ce que tu fais au juste ?

— J'envisage de devenir mécanicien l'année prochaine, quand j'aurai fini mes études. Pour le moment, je répare des voitures et des vélos du coin, lui expliqua-t-il. Juste des petites bricoles, rien de très important. Lizzie m'a proposé d'installer mon atelier ici, l'année dernière, quand Carlos est parti avec les chevaux, puisqu'elle n'en avait plus vraiment l'usage.

Kate écarquilla les yeux.

— Qu'est-ce que tu entends par « quand Carlos est parti » ?

Luis se leva et se retourna pour la regarder. Il fronça légèrement les sourcils.

— Tu ne savais pas qu'ils s'étaient séparés ?

Kate sentit sa bouche se dessécher.

— Ma tante et mon oncle ne se sont pas séparés !

Mais soudain, tout ce qu'elle avait vu prit sens. Si Carlos était parti en emmenant avec lui toute son équipe, alors il était facile de comprendre pourquoi le ranch avait l'air si négligé. Kate eut l'impression d'avoir reçu un coup sur la tête. Elle croisa ses bras sur sa poitrine et murmura frileusement :

— Et la pancarte *À Vendre* ?

— Le ranch est sur le marché depuis le début de l'année, lui répondit Luis. Lizzie ne peut plus subvenir à son entretien et elle cherche un endroit plus petit.

De sa voix émanait de la compassion.

— Eh, est-ce que ça va ? Je suis vraiment désolé. Je ne t'aurais pas dit ça comme ça, si j'avais su que tu n'étais pas au courant.

Kate s'assit sur une caisse retournée.

— Ça va, dit-elle, l'air hébété.

Elle passa les mains sur son visage.

— Et où est allé Carlos exactement ? demanda-t-elle en se souvenant que Rafael lui avait dit que son nouveau ranch se trouvait de l'autre côté de la ville.

Elle avait alors cru que seuls les chevaux avaient été déplacés.

— Dans un autre ranch, qui appartient à un Américain, Harper Kirby, répondit Luis. Carlos entraîne l'équipe de Kirby, maintenant.

— Pourquoi ne m'a-t-on rien dit ? s'interrogea Kate, ahurie. Et que va-t-il se passer maintenant ? Je suis censée passer tout l'été ici.

— Lizzie parle de prendre un appartement aux abords de la ville, l'informa le garçon. Elle n'a pas assez d'argent pour racheter la part de Carlos, donc elle est obligée de déménager. J'imagine qu'elle t'emmènera avec elle.

Il reporta son attention sur la roue, et Kate sentit que la conversation était close, Luis ne devant pas en savoir beaucoup plus.

Elle se glissa vite hors de la grange. *Maman et papa ont bien dû apprendre ce qui s'était passé, mais ils m'ont quand même envoyée ici.* L'indignation la gagna. *Comment ont-ils pu me faire ça ?*

Kate rentra dans la cuisine. Une femme menue aux cheveux noirs grisonnants se trouvait dans la pièce. Elle était en train de secouer une poêle au-dessus de la cuisinière. Elle jeta un coup d'œil par-dessus son épaule et sourit chaleureusement à Kate.

— Ah, te voilà ! J'allais justement sonner la cloche.

Elle fit glisser une omelette dorée sur une assiette, qu'elle déposa ensuite sur la table.

— Assieds-toi et mange. Je vais te chercher du jus de fruits, dit-elle avec un accent très prononcé.

— Merci.

Kate tira une chaise. Son estomac gronda comme l'odeur des œufs parvenait à ses narines.

— Vous êtes Santa Cambiaso, c'est ça ?

Le nom de la femme lui était revenu, lorsque celle-ci réapparut avec un verre de jus d'orange. La grand-mère de Luis s'occupait de la maison.

— C'est bien ça, oui. Tu as tellement grandi, remarqua Santa tout en coupant des tranches de pain frais. Et tu es devenue très jolie aussi !

Kate, qui plantait sa fourchette dans l'omelette pleine de beurre, rougit. Santa secoua la tête.

— L'enfance passe en un clin d'œil. Je me souviens comme si c'était hier de Rafael qui fabriquait le berceau de Luis.

— Mama ! retentit la voix de Luis. Si tu continues, tu vas finir par ressortir les photos de moi bébé !

Il baissa la tête pour passer la porte de la cuisine – Kate ne s'était jusque-là pas rendu compte qu'il était aussi grand – et marcha à grandes enjambées vers l'évier.

— Combien de fois t'ai-je demandé de te débarbouiller dans la cour ? dit Santa, feignant la colère.

Elle posa une assiette de pain tranché sur la table, puis attrapa une serviette sur le rail accroché le long de la cuisinière et la tendit à son petit-fils.

— Le robinet est encore asséché, expliqua Luis, en ouvrant celui de la cuisine.

— Demande à ton grand-père de s'en occuper.

Santa cassa des œufs dans un bol et les fouetta avant de les verser dans la poêle. Luis s'essuya les mains, reposa la serviette sur la barre et s'assit en face de Kate.

— Lizzie n'est pas encore rentrée de son rendez-vous en ville ? demanda-t-il avant de mordre dans un morceau de pain.

Santa secoua la tête.

— Je m'inquiète pour elle, avoua-t-elle tout en faisant glisser l'omelette sur une assiette. Elle en fait trop, et beaucoup de pression pèse sur elle en ce moment. Lizzie est comme un élastique fragile. Un de ces jours, elle va finir par se tendre trop...

Elle laissa sa phrase en suspens et déposa l'omelette devant Luis.

Kate finit son plat et poussa son assiette sur le côté.

— C'est tellement triste pour elle et Carlos, dit-elle en espérant que si elle faisait croire qu'elle était au courant de la rupture, Santa parlerait à cœur ouvert.

Luis haussa les sourcils et regarda Kate d'un air interrogateur. La jeune fille sentit le feu lui monter aux joues, mais se rappela, qu'après tout, elle était de la famille. Ce n'était pas comme si elle n'avait pas le droit de savoir ce qui s'était passé.

Santa porta la poêle à l'évier et rinça la graisse avant de la plonger dans de l'eau savonneuse.

— Une tragédie, voilà ce que c'est, commenta-t-elle en pinçant les lèvres. Ils étaient bien ensemble, si bien. Et puis ils ont oublié ce qui les avait réunis au début. Carlos vivait et respirait pour ses chevaux jusqu'au jour où il n'a plus eu de temps pour rien ni personne d'autre. Et maintenant, tout ce qu'ils avaient va être perdu. Il ne manque plus que la vente de cet endroit et, après, que restera-t-il du rêve des Batistuta, hein ?

— Mama, est-ce que je pourrais avoir une autre omelette ?

Luis lui présenta son assiette, essayant manifestement de changer le sujet.

— Bien sûr, répondit Santa.

Elle passa un coup de chiffon dans la poêle, puis la lui tendit.

— Les œufs sont dans leur boîte et le beurre au frigo. Où est-ce que tu te crois ? Dans un restaurant ouvert vingt-quatre heures sur vingt-quatre ?

Kate réprima un sourire.

— Est-ce que Lizzie a Internet ?

Elle pensait qu'elle pouvait peut-être tuer un peu de temps sur l'ordinateur.

Luis s'étrangla de rire.

— Où est-ce que tu te crois ? plaisanta-t-il en imitant sa grand-mère. Dans un ranch branché pour riches Occidentaux ?

Santa lui lança un regard désapprobateur.

— Lorsque Lizzie ou Clara ont besoin de se servir d'un ordinateur, elles vont au Locutorios, dans la rue principale, dit-elle à Kate. Carlos a pris l'ordinateur. Il gardait tous ses dossiers dedans.

Kate se leva.

— Dans ce cas, je vais peut-être aller faire un tour en ville. Par où est-ce que je dois passer ?

— Tourne à droite quand tu sors de l'allée et continue tout droit jusqu'à ce que tu arrives aux panneaux indicateurs, lui expliqua Luis. C'est à environ trois kilomètres d'ici. Mais tu ferais mieux de laver cette assiette avant de partir si tu ne veux pas que mama te coure après avec son rouleau à pâtisserie.

Kate jeta un coup d'œil à mama qui avait planté ses mains sur ses hanches.

— Je pense qu'on peut laisser Kate tranquille pour son premier jour parmi nous.

Son ton exaspéré était adouci par la lueur amusée qui dansait dans ses yeux.

— Bon d'accord, mais n'oublie pas demain de faire la vaisselle du petit déjeuner, du déjeuner et du dîner pour rattraper ta journée de repos, dit Luis le doigt pointé sur Kate, feignant d'être indigné qu'elle le laisse seul face aux tâches ménagères.

— Merci pour le repas, Santa, déclara Kate en ignorant délibérément Luis.

— Y a pas de quoi, répondit sa grand-mère.

Kate alla chercher son porte-monnaie dans sa chambre, puis sortit. En descendant les marches de la véranda, elle aperçut un vieux vélo qu'on avait posé contre un chêne. Kate hésita. Si elle l'empruntait, elle arriverait en ville plus vite que si elle y allait à pied. Elle balaya du regard le vélo et remarqua que la chaîne et le guidon étaient piquetés de rouille.

— J'irais peut-être plus vite à pied, en fait, marmonna-t-elle tout en enjambant la selle.

Elle descendit prudemment le chemin de terre, grimaçant à chaque fois qu'elle poussait sur les pédales et que la chaîne claquait. Une fois arrivée au portail, elle tourna à droite et s'engagea sur la route principale. Les rangées de vignes s'étendaient sur des kilomètres, dominées par les montagnes qui rougeoyaient sous le soleil de l'après-midi. Kate ralentit lorsqu'elle vit un panneau blanc qui indiquait une bifurcation depuis la route principale. Elle tourna donc et emprunta une petite route bordée de maisons aux toits de briques rouges patinées et aux jardins ombragés par des palmiers. Kate dut s'arrêter à un feu rouge, contente de pouvoir ainsi faire une courte pause. Elle avait la gorge sèche, et le goût de la poussière qui semblait venir de partout lui prenait la bouche. Lorsque le feu se mit au vert, elle tourna à droite pour rejoindre ce qui semblait être la partie principale de la ville. La circulation y était dense, et les trottoirs étaient envahis par la foule.

La rue, qui était bordée de magasins, descendait en pente raide. Kate avança en roue libre, jetant des coups d'œil à droite et à gauche pour trouver le café Internet. À mi-chemin, elle aperçut une pancarte jaune sur laquelle était dessiné un téléphone noir. Elle se fraya un passage entre les voitures garées le long du trottoir et cala le vélo contre la vitrine de la boutique. Une fois à l'intérieur, elle observa avec désarroi les minuscules box bleus, les chaises en plastique et le lino au sol qui partait en lambeaux. Un ventilateur suspendu au plafond tournait lentement, sans toutefois parvenir à rafraîchir la pièce. Ça n'avait pas grand-chose à voir avec la salle informatique lambrissée de son école dont les ordinateurs dernier cri ronronnaient doucement dans les coins ombragés. La gorge serrée, Kate se rappela que, de toute façon, ce n'était plus son école.

Elle paya pour rester une heure, puis se dirigea vers l'un des box collé contre la vitrine. Elle entra son mot de passe et passa en revue les e-mails qu'elle avait reçus. La plupart venaient de *Facebook*, et Kate cliqua sur le lien pour pouvoir lire les messages forcément bienveillants que ses amis avaient écrits sur son mur. Celui de Louisa la fit sourire.

> Salut cowgirl ! Comment ça se passe au ranch avec tous ces chevaux ? C'est une impression ou tu arrives toujours à retomber sur tes pieds ? Mille pensées, biz, Lou.

Au lieu de répondre directement, Kate décida de lui écrire un e-mail privé.

> Salut Lou,
>
> Eh bien me voilà dans la Grande A (A désignant malheureusement l'Argentine et non l'Amérique) et rien ne va comme prévu. Le scoop, c'est que ma tante et mon oncle ne sont plus ensemble ! T'imagines ? Carlos a décidé de se la jouer solo et a planté Lizzie et Clara

(qui m'a à peine adressé plus de deux phrases pendant les deux minutes où elle s'est montrée). C'est quand même deux minutes de plus que ma tante qui n'a toujours pas fait son apparition. Tous les chevaux ont disparu et le ranch tombe en ruine. Le personnel est parti, lui aussi, mis à part Rafael et Santa (le régisseur et la femme de ménage) et leur petit-fils, Luis, qui pourrait vraiment être un beau gosse si ses paroles ne gâchaient pas sa beauté !!! Alors guette tes mails car tu devrais vite en recevoir un t'annonçant mon retour imminent. Je ne pense pas que ma tante veuille s'embarrasser de moi avec tout ce qu'elle a déjà à gérer de son côté, y compris, attention, tu te sens prête pour celle-ci ?.... la vente du ranch !!! Donc, comme je te l'ai dit, guette bien tes e-mails.

Gros Bisous,

K.

Au moment où elle cliquait sur « envoyer », Kate se sentit coupable d'imaginer une conséquence positive pour elle aux malheurs de sa tante. *Mais ce n'est pas comme si j'avais demandé à venir ici,* pensa-t-elle sur la défensive. *Tout est la faute de papa et maman.* Sentant une tension se répandre au niveau de ses épaules, elle se mit à écrire à ses parents.

Maman et papa,

Je sais bien que vous étiez tous les deux en colère contre moi, mais je n'arrive pas à croire que vous m'ayez envoyée ici, alors que Lizzie et Carlos sont en plein divorce et que le ranch est à vendre. Vous pouvez parler des dures réalités de la vie. Vous ne m'avez même pas prévenue de la situation dans laquelle j'allais me retrouver. Lizzie n'était pas là pour m'accueillir, mais j'ai vu Clara et il est plus qu'évident qu'elle ne veut pas de moi ici. Si vous ne me laissez pas rentrer, je pourrais développer de graves troubles psychologiques.

Kate

Elle frappa l'adresse de chacun de ses parents et leur envoya l'e-mail. Elle retourna ensuite sur sa boîte de réception et s'aperçut qu'elle n'avait pas ouvert un courrier que sa mère lui avait envoyé le matin même.

Chère Kate,

J'espère que ton voyage s'est bien passé et que Lizzie et Clara vont bien. J'imagine que lorsque tu liras ces quelques lignes, tu auras déjà appris le départ de ton oncle. Lizzie a vraiment besoin qu'on la soutienne en ce moment, et je sais que quand tu le veux, tu peux être la personne la plus généreuse que je connaisse. Ton père et moi pensons sincèrement que cet été sera une excellente expérience pour toi et t'aidera à devenir l'adorable jeune femme réfléchie qu'on entrevoit déjà par moments.

Nous t'embrassons fort,
Maman et Papa.

Kate, perplexe, relut l'e-mail.

— Et je suis censée les remercier, maintenant ? grommela-t-elle.

Ça leur ferait les pieds de la voir revenir et de devoir changer leurs projets pour passer l'été avec elle au lieu de s'envoler pour l'Iran ou on ne sait quel autre endroit où son père était censé travailler.

— Kate ? résonna une voix à l'accent anglais clair.

La jeune fille sursauta. Elle leva les yeux et vit sa tante qui entrait dans le café Internet.

— Je suis passée devant la vitrine et j'étais sûre que c'était toi ! s'exclama Lizzie en se précipitant vers elle, les bras grands ouverts. Comment tu vas ? Le voyage s'est bien passé ? Je suis vraiment désolée de ne pas avoir pu venir te chercher.

Elle serra Kate dans ses bras.

— J'avais un rendez-vous avec mes avocats que je ne pouvais pas décaler.

Kate huma le léger parfum de jasmin qui provenait de la crème pour mains de Lizzie et se sentit soulagée de voir que sa tante avait l'air sincèrement ravie de la voir.

— Notre bon vieux ranch a connu quelques changements depuis la dernière fois que tu es venue, expliqua Lizzie pendant que Kate se baissait pour éteindre l'ordinateur.

Non, tu crois ? pensa Kate. Et le ranch n'était pas le seul à avoir changé. Sa tante était beaucoup plus mince que dans ses souvenirs. *C'est la première fois que je la vois sans maquillage,* réalisa Kate, en se disant que ses yeux verts paraissaient bien plus petits et ridés sans leur habituel éclat de bronze. Ses cheveux auburn, qui avaient toujours été parfaitement dégradés contre sa nuque, avaient poussé pour faire place à un carré désordonné qui lui arrivait aux épaules.

— Le camion est garé juste devant.

Lizzie plaqua ses cheveux derrière ses oreilles, révélant de petites mèches grises au niveau des tempes.

— Si tu as fini, je te ramène avec moi à la maison ? Ça fait un bout à pied, surtout qu'il fait assez chaud aujourd'hui.

— Je suis venue en vélo, lui dit Kate.

— Tu as pris celui de Clara ? demanda Lizzie.

Kate sortit du café et secoua la tête.

— Non, elle s'en est servie pour aller au théâtre. J'ai emprunté celui-ci, expliqua-t-elle en lui désignant le vélo qu'elle avait laissé contre la vitrine.

Lizzie prit une courte inspiration.

— Ce vélo n'est pas à nous. C'en est un que Luis a réparé !

Elle regarda Kate, les yeux emplis de désarroi.

— Son client était censé venir le récupérer cet après-midi.

Kate observa Lizzie, et d'horribles pensées lui traversèrent l'esprit. *Elle pense que je l'ai volé. Elle m'a sûrement rangée dans la catégorie des kleptomanes enragés depuis que mes parents lui ont tout raconté.* Elle ouvrit la bouche pour se défendre, mais la referma aussitôt. *Si elle pense le pire de moi, alors il y a plus de chances pour qu'elle me renvoie à la maison.* Elle déposa en silence le vélo à l'arrière du camion, puis monta sur le siège avant.

Lizzie tourna la clé et mit le contact.

— Dès que nous serons rentrées, je veux que tu ailles rendre le vélo à Luis et que tu lui présentes tes excuses. Après, nous pourrons oublier tout ça et recommencer comme si rien ne s'était passé. Nous avons tout l'été devant nous.

Le cœur de Kate se serra. Elle tourna la tête et regarda par la fenêtre. Lizzie avait bien l'air partant pour la garder le plus longtemps possible.

Chapitre IV

Lizzie se gara devant le ranch.

— Je pense qu'il est inutile de préciser qu'à partir de maintenant, tu ne prends rien sans demander la permission.

Elle coupa le moteur et reprit la clé.

— Va voir Luis tout de suite, s'il te plaît. J'espère juste qu'il n'a pas appelé la police.

Kate avait les joues en feu lorsqu'elle ouvrit la portière pour sortir du camion. *Où est passée la vraie Lizzie ?* se demanda-t-elle.

Elle se dirigea vers la cour en traînant des pieds. Dans tous les souvenirs qu'elle gardait de sa tante, Lizzie riait de bon cœur, ses yeux pétillaient et elle avait l'esprit vif. Il y a quatre ans, elle aurait sûrement trouvé très amusant que sa nièce se trompe de vélo. Et à présent, on aurait dit qu'elle avait commis le crime du siècle. Kate enfonça les mains dans ses poches, redoutant le moment où elle devrait avouer sa bêtise à Luis.

Le vrombissement familier du groupe électrogène s'élevait de la grange, et Kate hésita quelques instants sur le pas de la porte. Elle chercha le garçon dans la pénombre et fut soulagée de constater qu'il n'était pas là. *Je vais aller chercher le vélo et lui laisser ici avec un petit mot.*

Alors qu'elle s'apprêtait à faire demi-tour, une voix grave résonna dans ses oreilles :

— Bouh !

Kate étouffa un cri et se retourna.

Luis recula, un grand sourire aux lèvres.

— Tu me cherchais ?

Kate plissa les yeux.

— Ne me fais plus ce genre de blague. Et si je t'avais sauté dessus sans me demander qui c'était ?

Une fossette se creusa dans la joue de Luis.

— Relaxe ! Je suis prêt à parier que mes réflexes seraient plus rapides que les tiens.

— Si j'étais toi je ne parierais pas là-dessus, à vrai dire, répondit Kate en s'efforçant de ne pas sourire.

— Pourquoi est-ce que tu t'en empêches ? demanda Luis qui, en avançant, l'effleura.

— M'empêcher de quoi ?

La curiosité prit le dessus sur tout le reste, et Kate suivit Luis dans l'écurie.

— De sourire, répondit-il. Je suis drôle pourtant, non ?

Bien que l'arrogance du garçon lui donne envie de lever les yeux au ciel, Kate sentit ses lèvres s'étirer.

— Eh bien voilà, dit Luis qui la regardait par-dessus son épaule. Ce n'était pas si dur, non ?

Il ramassa un bidon d'huile.

— Et maintenant...

Ses yeux firent le tour de la pièce, puis il fronça les sourcils.

— Mais où est passé ce vélo ?

Kate sentit son cœur bondir de soulagement en pensant, l'espace d'une seconde, que Luis ne s'était pas encore aperçu de la disparition du vélo. Après tout, elle allait peut-être bien s'en tirer. Mais elle se souvint que le vélo était dehors quand elle l'avait pris et elle vit une étincelle de malice pétiller dans les yeux du garçon.

— Je suis désolée, déclara-t-elle. Je pensais que c'était juste un vieux vélo qui traînait.

— Vieux ? Oui, répondit Luis. Mais qui traînait, certainement pas. Ce que tu as vu, c'était un vélo qu'on avait posé de la façon la plus minutieuse qui soit contre un arbre, le temps que son heureux propriétaire vienne le récupérer. Le genre de propriétaire qui irait directement à la police s'il apprenait que son vélo avait disparu.

Kate déglutit.

— Donc j'imagine que c'est ton jour de chance, parce que figure-toi qu'il a appelé pour prévenir qu'il ne passerait que demain, ajouta-t-il.

Kate s'empara d'un chiffon huileux et donna un coup à Luis.

— Je t'ai vraiment cru, pendant un moment !

Luis s'écarta de Kate.

— Pendant un moment, juste ? J'aurais pu continuer encore et te faire mijoter bien plus longtemps, si je l'avais voulu. Et comme maintenant tu m'es redevable de quelque chose, tu peux te mettre à nettoyer ces pièces de moteur.

Kate baissa les yeux sur son pantacourt blanc.

— Des pièces de moteur ? Je ne crois pas, non.

— Des pièces de moteur, si, confirma Luis d'un ton ferme.

Il attrapa une salopette en jean sale qui était suspendue à un crochet.

— Tiens, dit-il en la lançant à Kate. Enfile ça.

— Si je nettoie ces pièces, déclara-t-elle, les yeux rivés sur le tas d'objets en métal huileux, je t'aurais rendu plus que ce que je te dois. Ce qui fait que c'est toi qui me devras quelque chose !

Luis regarda derrière elle.

— Salut, Clara.

Kate se retourna et vit sa cousine qui se tenait sur le pas de la porte.

— C'est l'heure de manger, lui dit-elle avant de tourner les talons.

Kate rendit la salopette à Luis et lui sourit d'un air désolé. Luis haussa les sourcils.

— Une prochaine fois ? demanda-t-il.

— Malheureusement, répondit Kate en riant et en faisant une courbette.

Puis elle se dépêcha de rattraper Clara.

— Alors, comment s'est passé ton cours de théâtre ?

— Bien, répondit sa cousine en accélérant le pas.

Kate l'imita, bien décidée à lancer la conversation.

— Tu montes toujours ? demanda-t-elle.

Clara leva les yeux au ciel.

— Regarde autour de toi. Est-ce que tu vois des chevaux ?

— Il y a Nando, lui rappela Kate alors qu'elles pénétraient dans le ranch.

— Il est vieux, dit Clara sur un ton méprisant.

Elle poussa les portes de la cuisine dans laquelle Lizzie les attendait. Kate se lava les mains, puis prit place à table.

— Ça a l'air bon, dit-elle à sa tante.

— C'est juste une salade au poulet, répliqua sa cousine. Y a pas de quoi en faire tout un plat.

— Clara, dit Lizzie sur un ton de reproche.

Clara haussa les épaules.

— Je dis juste ce que j'en pense.

Elle planta sa fourchette dans une tomate.

— Eh bien, ne dis rien, lui répondit sa mère en se versant un verre d'eau. Et mange, plutôt.

Elle sourit à Kate.

— Tu veux de l'eau ?

Kate prit ses couverts. *C'est à se demander si c'est l'atmosphère ou le poulet qui est à trancher ?* pensa-t-elle pendant que Lizzie remplissait son verre d'eau. Imaginant que faire cette remarque à voix haute n'aiderait en rien, elle se mit à chercher quelque chose d'autre à dire.

— Alors, comment ça se passe à Londres ? lui demanda sa tante, lui évitant ainsi de se creuser la tête. Ça me manque souvent de ne pas pouvoir faire les magasins sur Bond Street ou d'aller voir un spectacle dans le West End. Je n'arrive pas à croire que ça fait déjà quinze ans que je vis ici.

Avant de rencontrer Carlos et de partir vivre avec lui en Argentine, Lizzie travaillait comme physiothérapeute pour les chevaux de l'équipe de polo d'Angleterre.

— Est-ce que ça veut dire que tu comptes revenir habiter à Londres ? supposa Kate.

— Hé, ho ? intervint Clara en se levant de table. Je te rappelle que mon père vit ici, en Argentine.

Elle prit son assiette.

— Je vais finir dans ma chambre, dit-elle à sa mère.

Kate se mordit la lèvre inférieure.

— Pardon, dit-elle comme les portes à battants de la cuisine claquaient derrière sa cousine. On dirait que c'est dans mes habitudes de faire des gaffes.

Lizzie passa la main au-dessus de la table et pressa le bras de Kate.

— Clara est encore un peu bouleversée pas les événements. Il faut que tu l'excuses si elle est abrupte, parfois.

Kate approuva de la tête, puis baissa les yeux sur son assiette pour ne pas montrer que sa maison lui manquait soudain terriblement. *Je ne peux pas rester coincée ici tout l'été.*

— Je suis désolée que tu ne puisses pas profiter de la piscine, enchaîna Lizzie.

Elle poussa un léger soupir.

— Je ne pouvais plus me permettre de l'entretenir. La ligne téléphonique a été coupée aussi, donc il faudra que tu te serves de ton portable pour prévenir tes parents que tu es bien arrivée.

Pour la punir d'avoir été renvoyée de l'école, M. et Mme Sommers avaient confisqué son téléphone ultramoderne à Kate et, en échange, lui avait donné un portable premier prix. Comparé à ce qui se passait ici, cela ne lui paraissait plus comme la pire chose qui puisse arriver. Kate leva les yeux et remarqua les rides que les soucis avaient creusées autour des yeux de Lizzie. *Comment est-ce que je peux être aussi obnubilée par l'idée de rentrer à la maison avec tout ce que traverse Lizzie actuellement ?* Elle eut soudain honte d'avoir voulu pousser sa tante à bout afin qu'elle la renvoie chez elle au plus vite.

— Je ne comptais pas voler ce vélo, s'entendit-elle dire. J'ai juste pensé que ça ne poserait pas de problème si je l'empruntais.

L'expression de Lizzie s'adoucit.

— Je sais, répondit-elle en hochant la tête. Et je suis tellement contente que tu sois là. Je suis persuadée que ça va faire du bien à Clara.

Elle sourit, puis continua :

— Ça m'en fait déjà à moi. J'aurais juste aimé pouvoir passer plus de temps avec toi mais avec mon travail au centre médical, ça ne va pas être possible.

Ouah ! Est-ce que quelqu'un peut appuyer sur la touche rembobiner ? Kate cligna des yeux.

— Travail ? Centre médical ?

Les choses allaient-elles si mal au point que Lizzie soit obligée d'avoir un emploi fixe ? Elle avait déjà assez à faire avec le ranch... sauf qu'il n'y avait plus de ranch à faire tourner, rien que des prés vides.

— Je m'occupe de toute la partie administrative, expliqua-t-elle. Ce n'est qu'un mi-temps, donc je serai un peu là tous les jours. Et puis comme je ne travaille pas ce week-end, je me suis dit qu'on pourrait peut-être aller à la plage pour fêter ton arrivée ?

— Merci, répondit Kate, en essayant de paraître enthousiaste, même si à cet instant précis, cinq jours lui semblaient aussi longs à passer que cinq semaines.

Kate fut réveillée par la lumière vive du soleil qui perçait à travers la vitre. Son téléphone portable était posé sur son oreiller, là où elle l'avait laissé la veille après avoir envoyé des textos à Louisa jusque très tard le soir – soit très tôt le matin pour son amie.

Elle regarda l'heure et vit qu'il n'était que six heures et demie. Elle grommela et enfouit la tête sous la couette, s'efforçant de ne pas penser à sa chambre spacieuse, à la maison, dont les fenêtres étaient parées de stores occultants. *Première semaine des vacances d'été. Je me lèverais tard, j'irais flâner dans les magasins avec Louisa, et ensuite on pourrait bien se faire un cinéma. Après, on rentrerait chez moi et on irait surfer sur le site du centre équestre.* Elle sentit la tristesse l'envahir et ferma fort les yeux. *Je veux rentrer,* pensa-t-elle encore et encore jusqu'à ce qu'elle se rendorme.

Son téléphone la réveilla de nouveau. Les yeux lourds de sommeil, elle lut le message de sa mère.

Sommes arrivés en Arabie saoudite. Passons la semaine à l'hôtel le temps de trouver un appartement à louer. Te téléphonerai dans quelques jours, quand tu seras bien installée. Bisous, Maman et Papa.

— Ils retardent le moment redouté du téléphone, marmonna-t-elle.

Elle repoussa la couette et attrapa ses vêtements. Une fois habillée, elle se rendit à la cuisine.

— Bonjour, la salua Santa qui était occupée à plier une pile de serviettes propres. Tu es prête à prendre ton petit déjeuner ? Tu dois être affamée, c'est presque l'heure du déjeuner.

— Je vais me débrouiller, merci.

Kate fut étonnée de constater qu'il était pratiquement midi. Elle prit la boîte de céréales et versa des müeslis dans un bol.

— Où sont les autres ? demanda-t-elle.

— Lizzie est au travail, elle sera de retour dans une heure environ, et Clara est sortie avec des amis, répondit Santa. Il y a du lait et du jus de fruits dans le réfrigérateur. Appelle-moi si tu as besoin de quelque chose.

Elle ramassa la panière à linge et quitta la pièce.

Kate posa son bol sur la table, tout en s'obligeant à ne pas se sentir blessée que sa cousine ne l'ait pas invitée à se joindre à elle. *Si elle était venue chez moi en Angleterre, je ne l'aurais pas laissée toute seule.* Elle prit le plus de temps possible pour manger, puis pour débarrasser la table, sachant que lorsqu'elle aurait fini, elle devrait affronter le fait qu'elle n'avait rien à faire du reste de la journée. *Je pourrais toujours dessiner,* pensa-t-elle en se dirigeant d'un pas nonchalant vers la véranda. Mais, pour le moment, elle n'arrivait même pas à se motiver pour aller chercher son matériel à dessin.

Nando était dans son enclos. Il somnolait sous un arbre, frappant parfois le sol de son sabot pour écarter les mouches qui lui tournaient autour. *Je me demande s'il y a un kit de pansage quelque part ?* Kate examina la robe poussiéreuse du hongre et les bardanes qui s'étaient accrochées dans sa crinière et sa queue. Elle décida d'aller voir si elle pouvait trouver une brosse ou un peigne dans l'arrière-cour. Elle se sentit plus légère à l'idée de faire briller la robe alezane du poney. *Et je parie qu'il appréciera cette attention. On ne dirait pas qu'on s'occupe beaucoup de lui ces temps-ci,* pensa Kate en se dirigeant vers la grange.

Luis était occupé à déboulonner le moteur d'une moto bleue qui était recouverte de poussière.

— Bonjour ! le salua Kate en haussant la voix pour se faire entendre par-dessus le bruit de la radio.

— Salut ! répondit Luis sans même lever les yeux. Désolé, mais je ne peux pas arrêter maintenant. Donne-moi une minute.

— C'est bon, je ne suis pas venue pour t'embêter, expliqua Kate. Je me demandais juste s'il y avait un kit de pansage dans le coin ?

— Va voir dans le box qui se trouve juste à ta droite en sortant d'ici, dit Luis qui se mit à enlever précautionneusement le moteur de sa carcasse. C'est là où Lizzie a rangé les affaires que Carlos n'a pas emportées.

— Merci ! cria Kate qui était déjà sur le pas de la porte et se précipitait dehors.

Elle fit sauter les verrous du box, tira sur la poignée et inspecta l'intérieur. Elle trouva deux caisses remplies à ras bord de divers équipements équestres et de tapis de selle repliés. Kate en extirpa des rênes, puis fit courir ses doigts le long du cuir sec et craquelé. On aurait dit qu'elles n'avaient pas été entretenues depuis la dernière fois qu'elle était venue. Elle les reposa dans la boîte et leva les yeux sur un portemanteau en métal rouge. Une petite selle et un bridon poussiéreux y étaient suspendus. Un seau en plastique contenant des brosses sales était posé au pied du portemanteau. Kate s'empara d'un bouchon, d'une brosse douce et d'une étrille. Elle ne trouva pas de peigne, mais se dit que la brosse douce ferait l'affaire. Ses yeux se posèrent à nouveau sur la selle et le bridon. Ils avaient l'air d'être à la bonne taille et, bien que le cuir soit rigide et sale, ce dernier semblait intact. *Pourquoi pas ?* pensa-t-elle alors qu'un nœud dû à l'excitation se formait dans son ventre.

Kate courut jusqu'à l'enclos de Nando, laissa le harnachement sur la barrière, puis ouvrit maladroitement le loquet.

— Nando ! appela-t-elle.

Le hongre, surpris, la regarda en clignant des yeux mais resta à sa place, sous l'arbre. *J'aurais dû apporter des carottes,* pensa Kate alors qu'elle traversait le paddock. Elle tendit la main et laissa le poney la renifler avant de lui caresser le chanfrein.

— Tu te souviens de moi ? demanda-t-elle.

Nando lui donna un gentil coup de tête. Kate posa à terre le matériel de pansage, hormis le bouchon dont elle se servit immédiatement. Des petits nuages de poussière tombaient de la robe de Nando sous l'effet du brossage. Le poney reposa sa jambe et ferma les yeux tandis que la jeune fille revenait vers lui, la brosse douce à la main. Lorsqu'elle se mit à coiffer la crinière parsemée de mèches blondes, Kate se rendit compte que le crin était lourd et sec. Elle se recula et jugea que son travail avait peu amélioré l'apparence de Nando.

— Un bon shampooing, voilà ce qu'il te faut, dit-elle en examinant d'un œil critique la robe terne du poney.

Elle pourrait peut-être le laver plus tard. Mais alors, elle se souvint que Luis avait dit que l'eau ne fonctionnait pas dans la cour. *Cet endroit tombe vraiment en ruine !*

Elle ramassa le matériel de pansage et retourna à la barrière. Elle prit le bridon et observa la lanière de cuir qui était entortillée sur elle-même pour essayer de comprendre dans quel sens il fallait la mettre. Comme elle secouait le bridon, Nando s'ébroua, puis s'éloigna au trot.

Un petit rire chaleureux résonna derrière Kate.

— Ça fait des mois que je n'ai pas vu ce bon vieux poney aller aussi vite !

La jeune fille se retourna et vit sa tante appuyée contre la barrière.

— Je n'allais pas le prendre sans permission, lâcha-t-elle d'un souffle.

Pour être honnête, elle ne savait pas vraiment ce qu'elle allait faire. Ce n'était pas comme si elle était une cavalière confirmée ; elle avait juste pris quelques cours sur Nando la dernière fois qu'elle était venue en Argentine, et fait de la randonnée pendant les vacances, l'année précédente.

Lizzie haussa les sourcils.

— Je ne pensais pas que tu allais le voler, dit-elle d'une voix douce.

Elle regarda par-dessus l'épaule de Kate.

— Dès qu'il voit quelqu'un s'approcher de lui avec une selle ou un bridon, il prend la fuite. Il faut que tu le caches et que tu le lui enfiles avant qu'il ne comprenne ce qui se passe.

Kate tenait le bridon par le mors.

— Je ne sais pas dans quel sens ça se met, avoua-t-elle.

— Eh bien, il est toujours temps d'apprendre, dit Lizzie en souriant.

Elle ouvrit la barrière.

— Regarde.

Elle s'empara du bridon et en deux temps trois mouvements remit la lanière en place.

— Tu ne devais pas partir faire une randonnée à cheval, cet été ?

Kate acquiesça.

— Si, mais on devait d'abord nous apprendre à seller et brider les chevaux.

Lizzie siffla entre ses dents, et Nando tourna la tête dans leur direction. Elle avança vers lui, le bridon caché dans le dos. Lorsqu'elles arrivèrent à hauteur du poney, Lizzie tendit la main pour que le poney renifle sa paume. Un seul geste délicat lui suffit pour passer les rênes au-dessus de son encolure. Le hongre, surpris, s'ébroua et fit quelques pas en arrière mais, lorsque les rênes se resserrèrent autour de lui, il s'arrêta.

— C'est bien, l'encouragea Lizzie avant de jeter un coup d'œil à Kate. Une fois que tu as passé les rênes au-dessus de son encolure, c'est toi qui le tiens, donc tu peux facilement mettre le reste du bridon. Tiens le mors à une main, comme ceci, lui expliqua-t-elle, puis glisse-le doucement dans sa bouche.

Elle tenait le reste du bridon au-dessus du chanfrein de Nando et, dès que le poney accepta le mors, Lizzie fit glisser la têtière au-dessus de ses oreilles.

— Fais bien attention à ne pas le pincer, avertit-elle Kate alors qu'elle libérait le toupet du poney. Lorsque tu attaches la sous-gorge, assure-toi de pouvoir passer trois doigts entre la sangle et la gorge.

Kate s'avança et attacha la sous-gorge en faisant très attention.

— Et seulement deux doigts dans la largeur de la muserolle, ajouta sa tante.

Quand Kate eut fini, Lizzie attrapa Nando par les rênes et le mena jusqu'à la barrière.

— Je pense que tu peux le seller toute seule, dit-elle à sa nièce. Pose doucement la selle au bas de son encolure, puis fais-la glisser jusqu'en dessous du garrot.

Kate souleva la lourde selle et la plaça délicatement sur le dos du poney.

— Et maintenant, en y allant tout doucement pour ne pas l'effrayer, passe la sangle sous son ventre et attache-la trou par trou, expliqua Lizzie. Ne va pas trop vite ou tu risques de le faire sursauter. Tu dois pouvoir glisser tes doigts entre la sangle et sa peau ; si c'est le cas, ça veut dire que ce n'est pas trop serré.

Elle attendit que Kate achève de seller Nando.

— Tu fais du bon boulot, la félicita-t-elle. Et pour finir, prends chaque antérieure et étends-les droit devant toi pour t'assurer que sa peau n'est pas coincée sous la sangle.

Kate fit glisser ses mains sur l'un des membres de Nando et l'étira. Elle effectua ensuite la même opération de l'autre côté.

— Bien, tout est en place, déclara Lizzie. La vieille bombe de Clara est accrochée dans le couloir. Va la chercher.

Kate courut jusqu'au ranch où elle trouva la bombe. Elle était un peu petite, mais elle parvint à l'enfoncer sur sa tête et à l'attacher avant de repartir à toute vitesse vers le paddock.

Lizzie vérifia la longueur des étriers avant de s'écarter du poney.

— Tu te souviens comment on monte ?

Kate hocha la tête.

— Je pense, oui.

Elle prit les rênes d'une main, se plaça à côté de Nando et glissa son pied dans l'étrier. Puis elle se hissa et passa la jambe au-dessus de la selle, en prenant soin de s'asseoir ensuite en douceur.

— C'est bien, lui dit Lizzie. Voyons voir ce dont tu te souviens encore.

Kate raccourcit les rênes et pressa ses talons contre les flancs de Nando.

— Ho ! s'écria-t-elle.

Nando s'était mis à trotter rapidement, ce qui l'avait fait vaciller vers l'avant. Elle tira sur les rênes pour qu'il s'arrête.

— Pourquoi est-il parti comme ça ?

— C'est un poney de polo, lui rappela sa tante. Il a été entraîné pour répondre à la moindre pression donc, dès qu'on enfonce ses talons dans ses flancs, il détale !

— Je ne les ai pas enfoncés ! protesta Kate.

Cependant, elle réessaya en pressant légèrement les jambes, et Nando lui répondit en avançant gentiment au pas.

— Les meilleurs cavaliers utilisent leurs aides naturelles de manière invisible, déclara Lizzie pendant que Nando faisait le tour du paddock. Ce qui veut dire qu'il faut que tu te serves de ton assiette, de tes mains et de tes jambes si subtilement qu'en te regardant, on s'aperçoive à peine que tu bouges.

Kate hocha la tête, trop concentrée pour répondre. Elle voulut faire tourner Nando, mais le poney rejeta la tête en arrière et tira sur les rênes qui lui échappèrent des mains.

— Quand tu lui demandes quelque chose, tu dois travailler ton assiette, te servir de tes jambes et de tes mains, lui expliqua Lizzie. Si tu veux qu'il tourne, prépare-le en déplaçant légèrement ton poids dans la direction où tu souhaites aller. Il faut que tu gardes ta jambe intérieure sur la sangle pour qu'il continue à avancer et que tu places ta jambe extérieure légèrement en arrière pour pouvoir contrôler son arrière-main.

Kate réessaya de faire tourner le poney et, cette fois, Nando traversa le pré sans se rebiffer. Kate, qui achevait un autre tour, commençait à se lasser d'aller au pas.

— Est-ce que je peux trotter ? demanda-t-elle à sa tante.

— Bien sûr !

Kate raccourcit les rênes, puis pressa les flancs de Nando. Le poney s'élança dans un trot accéléré, et la jeune fille se mit à rebondir disgracieusement. Elle s'agrippa à l'avant de la selle et tenta de reprendre son équilibre. Nando se dirigea vers le bas de l'enclos, puis s'arrêta devant Lizzie.

— Je pense qu'il en a assez pour aujourd'hui, dit-elle en riant. Il commençait à se faire à l'idée d'être à la retraite, et tu viens juste de lui briser ses illusions.

Légèrement essoufflée, Kate dégagea ses pieds des étriers, puis descendit de sa monture.

— C'était chouette, merci, dit-elle en tapotant l'encolure de Nando.

— Tu t'en es bien sortie, constata Lizzie. Tes mains et ton assiette sont naturellement légères.

Elle baissa les yeux sur son pantalon de lin blanc.

— Peux-tu le desseller ? Il faut vraiment que je rentre me changer.

— Bien sûr, répondit Kate.

Kate enleva la bombe, soulagée d'être libérée de sa moiteur. Elle secoua ses cheveux, puis se tourna vers Nando pour détacher la sangle. Alors qu'elle enlevait la selle, elle aperçut Clara qui remontait l'allée.

— Salut ! cria Kate en agitant le bras.

Clara pinçait les lèvres et, lorsqu'elle arriva à hauteur de l'enclos, elle fusilla sa cousine du regard.

— Ma mère vient de te donner un cours d'équitation, c'est ça ?

Kate fronça les sourcils.

— Oui, pourquoi ? Il y a un problème ?

Kate commençait à en avoir marre de l'attitude de Clara. Elle éprouvait de la compassion pour sa cousine, mais ne voyait pas pourquoi elle devait constamment supporter sa mauvaise humeur.

— Tu sais combien de temps ça lui a pris pour parvenir à ne plus s'accrocher à cet endroit et à se tourner vers le futur ? dit Clara en fronçant les sourcils. Non, bien sûr que tu ne le sais pas parce que tu as débarqué, il y a quoi, cinq minutes, et qu'en l'espace d'une seconde, tu as réussi à redonner à maman de l'intérêt pour tout ça. Mais à quoi tu penses ?

Kate se mordit les lèvres, craignant de perdre son sang-froid si elle répondait. Elle tendit le bras pour caresser Nando qui balançait la tête de manière anxieuse.

— J'ai dû convaincre maman que quel que soit l'endroit où on finirait par aller, nous n'aurions pas de place pour avoir un poney, enchaîna Clara. J'avais finalement réussi à lui faire accepter l'idée de vendre Nando et grâce à toi, je vais devoir tout recommencer depuis le début !

— Hé, tu n'es pas au cours de théâtre ici, alors arrête de faire ton cinéma ! répliqua Kate. Je n'ai rien à voir là-dedans. Tout ce que j'ai fait, c'était essayer de m'occuper pour ne pas mourir d'ennui !

— Tu as parfaitement raison, lâcha Clara abruptement. Ce ne sont pas tes affaires ; alors pourquoi est-ce que tu ne retournes pas dans le centre pour délinquants juvéniles dont tu t'es échappée ?

— Je ne suis pas une voleuse ! hurla Kate.

Mais Clara l'ignora et rentra au ranch. Kate se tourna vers Nando et enfouit sa tête dans la crinière du poney.

— Je hais cet endroit, maugréa-t-elle. Je le hais, je le hais !

Chapitre V

Nando gratta le sol poussiéreux de son sabot avant.

— Désolé, mon beau.

Kate renifla, puis se redressa.

— Laisse-moi finir de t'enlever ton harnachement comme ça, après, tu pourras retourner te reposer sous l'arbre.

Alors qu'elle défaisait la sous-gorge, Rafael s'approcha de l'enclos d'un pas nonchalant.

— Est-ce que ça va ? demanda-t-il.

— Oui, bien, répondit Kate en gardant les yeux rivés sur le bridon de Nando.

Elle espérait que Rafael comprendrait ainsi qu'elle n'était pas d'humeur à avoir de la compagnie. Elle fit glisser le filet par-dessus la tête du poney, puis se recula comme il se secouait et envoyait voler de la poussière et des poils.

— La définition anglaise du mot bien doit être

différente de l'argentine, remarqua Rafael. Pour nous, aller bien veut dire rire et même parfois chantonner, mais pas hurler, dit-il en secouant la tête. On crie quand ça ne va pas bien.

Kate croisa finalement son regard et lut de l'inquiétude dans ses doux yeux marron.

— Le cheval, il nous apprend beaucoup de choses, déclara Rafael en pointant la tête vers Nando, qui regagnait d'un pas lourd l'ombre de l'arbre. À cœur vaillant rien d'impossible.

Vaillante, c'est ce qu'elle était, non ? Même si, à cet instant précis, tout ce qu'elle voulait, c'était aller s'enfermer à clé dans sa chambre.

Rafael enfonça un peu plus son chapeau à larges bords.

— Les problèmes ont tendance à empirer quand on refuse de les regarder en face, et ça...

Il s'interrompit pour se gratter la joue, et ses doigts râpèrent contre sa barbe de plusieurs jours.

— ... c'est le seul conseil que te donnera le vieil homme que tu as devant toi pour aujourd'hui. Mais si je peux me permettre, j'ajouterai une dernière remarque.

Kate attendit.

— Cette fille, là-dedans, dit-il, la tête tournée vers le ranch, elle souffre. Et quand les gens souffrent, ils s'en prennent à ceux qu'ils croient épargnés. À plus tard, Kate Sommers.

Kate faisait tourner sa fourchette dans son assiette.

— Tu n'aimes pas les pâtes ? demanda Lizzie.

— Si, si, assura Kate. C'est juste que je n'ai pas très faim.

Elle jeta un coup d'œil à la chaise vide de Clara. *Ça fait deux soirs qu'elle refuse de s'asseoir à table avec moi.* Elle réprima un soupir. Elle n'aurait jamais pu imaginer que Clara puisse ne pas vouloir d'elle ici. *C'est moi qui suis censée être punie en étant ici, pas elle !*

— Pourquoi Clara a arrêté de faire du cheval ? demanda-t-elle à sa tante.

Lizzie but une gorgée d'eau.

— Elle a laissé tomber quand Carlos est parti. Je me dis, parfois, que c'est sa façon à elle de le punir. Les chevaux sont ce qu'il y a de plus important dans la vie de son père.

Un muscle dans sa joue se contracta.

— Et il tenait tellement à voir Clara marcher sur ses pas et devenir une joueuse de polo de haut niveau.

— Est-ce que ça veut dire qu'elle ne voit plus beaucoup Carlos ? insista Kate.

— Ils se voient en ville, une fois par semaine, répondit Lizzie. Ils vont manger un bout ensemble et voir un film au cinéma ou faire une partie de bowling. Elle n'a pas l'air d'en vouloir plus pour l'instant. Ce serait bien si elle voyait son père un peu plus, mais à chaque fois que j'essaie d'aborder le sujet, elle change de conversation.

— Et toi ? demanda Kate en posant sa fourchette. Ça ne te manque pas de monter ?

Lizzie sourit tristement.

— Quand Carlos est parti, j'ai réalisé que ce qui me procurait le plus de plaisir, c'était de faire des randonnées à cheval avec lui et Clara. Ce n'est pas pareil toute seule.

Elle débarrassa les assiettes et les déposa dans l'évier.

— Les compétitions me manquent aussi, même si ce sont les entraînements que je regrette le plus. J'aidais à préparer les exercices pour l'équipe. J'appréciais vraiment ces moments.

Elle frotta ses mains sur son jean et se tourna vers Kate.

— J'ai quelque chose à te montrer. Suis-moi.

Tout intriguée, Kate traversa l'arrière-cour à la suite de Lizzie qui l'emmena aux granges. Sa tante ouvrit la porte de l'atelier de Luis. Un vélo, qui n'avait pas l'air tout récent, se trouvait au milieu de la pièce. Il était couvert d'une peinture rouge qui rouillait.

— J'ai demandé à Luis de réparer les freins et la chaîne, expliqua Lizzie. C'était le mien. Je sais que tu ne vas pas gagner de courses avec, admit-elle d'un air contrit mais, au moins, tu ne passeras pas tes journées coincée ici. J'ai pensé que tu pourrais t'en servir pour aller en ville ou, si tu as envie de te baigner, il y a un lac pas très loin d'ici.

Le geste de sa tante lui fit chaud au cœur. Kate mit de côté sa déception quant à l'âge et l'état du vélo.

— Merci, dit-elle. C'est génial.

Lizzie eut l'air soulagée.

— Je sais que tu es habituée à utiliser un bien meilleur vélo, mais je me suis dit que ce serait toujours mieux que rien.

— C'est génial, répéta Kate.

L'espace d'un court instant, l'image du VTT dernier cri qu'elle avait chez elle lui revint en mémoire.

— Et c'est vraiment très gentil de ta part d'avoir pensé à moi avec tout ce que tu as à gérer en ce moment.

Lizzie glissa son bras sous celui de Kate.

— Mais tu es ma nièce !

Kate se raidit au contact de sa tante. Elle n'avait pas l'habitude qu'on envahisse son espace personnel. Lizzie, cependant, ne sembla pas y prêter attention, et elles retournèrent ensemble à la maison, bras dessus, bras dessous.

— Et peut-être que demain, tu pourras prendre un autre cours d'équitation.

— Ce serait super, répondit Kate.

Elle ne savait pas combien de temps elle allait être bloquée au ranch ; apprendre à monter correctement rendrait son séjour ici plus supportable. Quand elles arrivèrent à hauteur du paddock de Nando, Kate remarqua que le soleil se couchait. Du rose, du rouge et de l'orange vif chatoyaient de part et d'autre et se fondaient derrière le soleil rouge. Non loin de là, un tinamou se mit à chanter. Les doigts de Lizzie se resserrèrent autour du bras de Kate, qui leva les yeux et vit une expression peinée parcourir le visage de sa tante. Kate se sentit soudain indignée par la conduite de son oncle.

Pourquoi Lizzie serait-elle obligée d'abandonner sa maison ? C'est tellement injuste !

Tôt le lendemain matin, Kate descendit dans l'enclos de Nando, son matériel de dessin sous le bras.

— Salut, Nando ! cria-t-elle au poney qui paissait.

Les yeux de Nando s'illuminèrent à la vue des morceaux de pommes que Kate lui tendait.

— C'est pour te remercier, pour hier, lui dit-elle.

Elle le caressa, puis se dirigea vers l'arbre. Elle s'assit contre le tronc, ouvrit son carnet et se mit à dessiner Nando en portant sur le papier de grands traits légers. Être absorbée par son dessin la relaxa. Sa main suivit la silhouette du poney, ses oreilles fines et la descente de ses épaules.

Le bruit d'un klaxon déconcentra Kate. Elle leva les yeux et vit Clara qui dévalait les marches de la véranda, puis qui montait dans une Fiesta bleue cabossée. La voiture démarra en faisant un dérapage et fonça dans l'allée. Kate regarda Nando qui avait levé la tête pour voir la voiture s'en aller.

— On dirait bien que tu vas être mon seul ami, cet été, dit Kate en refermant son carnet à dessin.

Elle s'approcha du poney et lui fit un câlin avant de rentrer au ranch. En montant les marches qui menaient à sa chambre, elle se sentit soudain énervée.

Clara n'est pas la seule à pouvoir sortir. Elle posa son carnet et son crayon sur la commode et jeta son sac sur son épaule.

Elle irait d'abord consulter ses e-mails au café Internet, se décida-t-elle en empruntant le chemin de la grange. Dehors, elle trouva Rafael grimpé sur une échelle qu'il avait calée contre la porte de la cuisine. Il était en train d'appliquer du mastic autour d'une des fenêtres de l'étage. Kate, qui ne voulait pas le distraire, contourna l'échelle sans le héler, et emprunta le chemin qui menait à l'arrière-cour.

L'atelier était ouvert, mais Luis ne s'y trouvait pas. Kate prit son vélo et le poussa dans la cour. Elle enjamba la selle et se sauva, se délectant de la légère brise qui la caressait pendant qu'elle descendait l'allée.

La route pour aller en ville lui parut plus courte cette fois-ci. Kate trouva un emplacement à vélos en haut de la rue principale et y rangea le sien. Lizzie lui avait donné un antivol tout neuf, et Kate s'était bien gardée de lui dire qu'elle trouvait plutôt optimiste l'idée qu'on puisse vouloir voler ce vieux vélo. Une fois au café Internet, elle paya pour rester une heure, puis alla s'asseoir à la même place que la fois précédente. Elle se connecta et vit qu'elle avait reçu cinq nouveaux courriers. Le premier qu'elle ouvrit était de Louisa, mais Kate fut déçue de constater à quel point il était court.

Slt K,

Ton oncle et ta tante se sont séparés ? ! C'est pas possible ! Est-ce que tu as ton billet de retour ? Tu dois vraiment t'ennuyer à mourir là-bas, et ta cousine est visiblement une grosse naze. Et ta tante : s'est-elle enfin donné la peine de se montrer ? (Je n'arrive pas à croire qu'elle n'était même pas là pour t'accueillir.) Au moins, tu as quelqu'un d'agréable à regarder, ce qui fait que ton séjour là-bas n'est pas un désastre total. Je garde les doigts croisés en espérant que tu seras de retour à temps pour nos vacances. Sarah Plowman s'est proposée de venir avec moi, mais tu sais combien je préférerais y aller avec toi.

Sois forte jusque-là.

Biz

L.

Kate relut l'e-mail et se mordit la lèvre inférieure. La jalousie s'immisça en elle alors qu'elle imaginait Sarah Plowman faire de la randonnée à cheval au côté de Louisa ; par ailleurs, elle se sentait coupable d'avoir donné une aussi mauvaise impression de Lizzie. Elle cliqua sur « répondre » et se mit à écrire.

Salut Lou,

Je suis toujours là-bas ! Les choses ne vont plus si mal : ma tante s'est montrée très gentille et m'a même donné un cours d'équitation hier. J'ai monté son vieux poney de polo, Nando. J'étais complètement nulle ! Je n'ai même pas réussi à trouver dans quel sens lui mettre son bridon.

Elle s'arrêta d'écrire un instant en repensant aux compliments que lui avait faits Lizzie.

J'espère que ma tante aura le temps de me donner d'autres leçons. Elle est vraiment douée pour expliquer les choses, et je crois qu'elle aime bien enseigner ce qu'elle sait.

Elle hésita une nouvelle fois, ne souhaitant pas évoquer la colère folle dans laquelle s'était mise Clara quand elle avait vu sa mère s'intéresser de nouveau aux chevaux.

Donc, en fait, entre monter Nando et venir en ville, ce n'est pas un désastre total, compléta-t-elle. Mais essaie de tenir Sarah à l'écart le plus longtemps possible ! L'atmosphère est tellement tendue que je n'ai pas la moindre idée du temps que je vais encore passer ici.

Je t'embrasse,

K.

Après avoir envoyé son e-mail à Louisa, elle ouvrit à contrecœur celui de sa mère.

Chère Kate,

Ça m'ennuie que tu sois apparemment encore si fâchée à l'idée de passer l'été chez ta tante. Nous ne t'avons pas envoyée là-bas pour que tu fasses du cheval ou que tu ailles à des soirées mondaines, mais pour que tu commences à comprendre qu'en dehors de ta petite vie privilégiée, il existe un vaste monde dans lequel tout n'est pas rose et toujours juste. Lizzie et Clara ont assez de soucis comme ça pour ne pas en avoir d'autres, et c'est pourquoi je te demande de mettre de côté tes sentiments et de prendre en compte les leurs. Nous venons d'essayer de t'appeler, mais ton téléphone était éteint.

À bientôt,

Bisous
Maman

Kate chercha son téléphone dans sa poche et se rendit compte que la batterie était à plat. Elle poussa un soupir et se mit à répondre à sa mère.

Salut maman et papa,

Je m'excuse de m'être emportée dans mon dernier e-mail, mais je regrette toujours que vous ne m'ayez pas prévenue pour Carlos et Lizzie. Je pense que Lizzie va bien, mais Clara prend mal la situation.

J'espère que vous allez bien tous les deux. Moi, ça va. Il fait beau et il n'y a pas grand-chose à faire, mais Lizzie m'a offert un vélo et m'a dit qu'il y avait un lac pas très loin du ranch. Elle m'a aussi donné un cours d'équitation hier, ce qui était vraiment cool.

Tenez-moi au courant quand vous aurez trouvé un appartement.

Je vous embrasse,
K.

Kate alla reprendre son vélo et décida de voir ce qu'il y avait de l'autre côté de la ville avant de rentrer au ranch. Elle descendit la rue pentue en roue libre et désespéra de constater qu'il n'y avait aucun magasin de vêtements implanté à côté des boutiques du maraîcher, du boucher, du quincaillier, de l'épicier ou du boulanger. La rue principale débouchait sur une zone industrielle, au-delà de laquelle il n'y avait plus rien que la brousse et des amas de sable jonchés de grosses pierres et d'herbes sèches qui s'étendaient jusqu'aux montagnes dans le lointain.

Kate était sur le point de faire demi-tour quand un mouvement attira son attention. Elle plissa les yeux et se protégea du soleil en mettant sa main en visière. Dans la brousse, à quelques pas de là, se trouvait un groupe de garçons qui agitaient les bras et poussaient des cris moqueurs. Un poney gris se tenait juste derrière eux. Il avait les oreilles couchées en arrière, il agitait la tête et montrait les dents. Kate vit deux des garçons ramasser des pierres et viser le poney.

Son cœur ne fit qu'un bond, elle laissa tomber son vélo et se rua sur les garçons.

— Où est-ce que vous vous croyez ? hurla-t-elle. Laissez-le tranquille !

Le poney était attaché à un piquet planté dans le sol. Toute l'herbe autour du poteau avait été broutée dans un cercle précis. Un des garçons, ignorant Kate, jeta sa pierre. Celle-ci heurta le flanc du poney et souleva un tourbillon de poussière. L'animal poussa un hennissement de détresse et se cabra en tirant de toutes ses forces sur la corde.

Kate bouillait de rage. Sans réfléchir, elle se jeta sur le garçon et lui saisit le bras.

— J'ai dit, ça suffit !

Le garçon regarda ses amis par-dessus l'épaule de Kate puis, en roulant des yeux, s'exclama :

— *Ingles !*

— Retourne dans ton hôtel, l'Anglaise, cria un autre garçon.

Kate fit volte-face, les yeux pleins d'éclairs. Elle recula délibérément, de façon à se trouver entre le poney et le garçon. En aucun cas, elle ne partirait et les laisserait continuer à jeter des pierres sur l'animal. Elle gronda :

— Vous feriez mieux de partir. Je ne bougerai pas.

Les garçons échangèrent des coups d'œil.

— Nous non plus, déclara l'un d'entre eux en lançant une pierre en l'air qu'il rattrapa.

Kate, qui fixait le groupe de garçons, sentit son cœur s'emballer. Sans elle, le poney gris n'aurait aucun moyen de se défendre. Il n'y avait qu'une seule chose à faire. Elle se pencha et, les doigts tremblants, chercha maladroitement à défaire le nœud de la corde. Lorsqu'elle y parvint enfin, elle se redressa et lança sur un ton de défi :

— Très bien. Dans ce cas, il vient avec moi !

Chapitre VI

Le plus petit des garçons, qui avait les cheveux noirs et bouclés et les pommettes saillantes, empoigna Kate.

— Tu ne peux pas le prendre !

— Regarde-moi bien ! répondit sèchement Kate.

Le poney réalisa alors qu'il n'était plus attaché au piquet et s'emballa. Kate enfonça ses talons dans le sol et laissa l'animal tirer sur le bout de la corde. Elle espérait qu'à cause de son pauvre état physique, il se fatiguerait vite et arrêterait de se débattre. Sa peur fut tempérée par la satisfaction soudaine de voir les garçons, alarmés, se disperser.

L'un d'eux, qui était resté en retrait du groupe, adressa un signe de tête à Kate.

— *Movimiento bravo,* dit-il avant de glisser les mains dans ses poches et de s'éloigner.

L'ignorant, Kate raccourcit petit à petit la corde jusqu'à ce qu'elle ait la longueur d'une longe. Comme elle l'avait deviné, le poney ne tarda pas à arrêter de tenter de s'enfuir et s'immobilisa, les sabots complètement dissimulés par la poussière et la tête affaissée d'épuisement. La sueur, qui dégoulinait le long de son épaule, faisait apparaître des traînées de poils plus clairs, révélant combien il était sale.

— Allez, viens, mon beau, dit Kate sur un ton apaisant. On va te sortir d'ici.

Alors qu'elle menait le poney vers son vélo, une pierre fila dans l'air, tout près de son oreille. Le poney se cabra et hennit de peur. Kate entendit un cri derrière elle, et deux des garçons se mirent à se disputer dans un flot rapide d'espagnol. La colère se mit à bouillir en Kate telle une bombe qui menaçait d'exploser à tout moment. Elle dut faire un effort pour ramasser son vélo et continuer à avancer, le bout de la corde enroulée autour du guidon.

— Abrutis, siffla-t-elle entre ses dents. Abrutis finis.

Lorsqu'elle atteignit la zone industrielle, elle fit s'immobiliser le poney et l'examina attentivement. Ses côtes saillaient sous sa robe crasseuse, et son arrière-main présentait des signes de pauvreté, le manque de nutrition ayant creusé des traces de faiblesse dans ses muscles. Sa crinière était un enchevêtrement de nœuds, et sa queue était fine et courte. Kate leva la main pour caresser le chanfrein du poney, mais celui-ci recula brusquement, apeuré.

— Ça va, je ne vais pas te faire de mal, lui promit-elle.

Elle regarda par-dessus son épaule les garçons qui s'éloignaient dans la brousse.

— Et je ne laisserai personne d'autre te faire de mal, non plus. On va te ramener au ranch. Lizzie saura quoi faire.

Kate remarqua que les sabots de l'équidé étaient ébréchés et fêlés et espéra qu'il serait capable de marcher jusqu'au ranch. Elle monta sur son vélo et roula lentement, tenant la longe de façon à ce que le poney reste à sa hauteur.

Au bout d'un peu moins d'une heure, Kate passa le portail du ranch.

— On y est presque, dit-elle à l'animal qui bronchait de fatigue.

Tout le long du chemin, Kate n'avait cessé de penser à ce qui se passerait si le propriétaire du poney venait le réclamer.

Pourtant on dirait que personne ne s'est occupé de lui depuis des semaines, se raisonna-t-elle pour la centième fois alors qu'ils passaient devant l'enclos de Nando. Ce dernier dressa les oreilles et s'approcha en trottant. Le poney gris posa brièvement ses yeux à moitié fermés sur lui, puis rebaissa la tête.

Nando avança en même temps qu'eux jusqu'à ce que Kate dépasse le paddock. Ses couinements les suivirent jusque dans l'arrière-cour.

Kate déverrouilla les portes de l'écurie principale et mena le poney dans la pièce fraîche aux murs blancs. Le hongre s'arrêta brutalement, les jambes tremblantes et la tête à ras du sol. Kate hésita, ne sachant trop que faire. *Il va vouloir manger et boire, mais je ne veux pas qu'il ait la colique.* Elle avait appris dans ses livres sur les soins à dispenser aux chevaux que ces animaux étaient facilement sujets aux maux d'estomac.

— Je reviens tout de suite, promit-elle au poney en refermant la porte de l'écurie.

Elle courut jusqu'au ranch.

Le camion de Lizzie n'était plus là, et personne ne répondit à ses appels. *Mais où sont-ils tous passés ?* se demanda-t-elle en se dépêchant de regagner la cour. Lorsqu'elle passa la tête au-dessus de la porte de l'écurie, elle s'attendait à moitié à trouver le poney affalé sur lui-même en un tas informe ; elle fut soulagée de voir qu'il était toujours debout. Elle se creusa la tête et se souvint qu'après avoir participé à un cross éreintant, on avait coutume d'offrir aux chevaux de l'eau tiède. Kate se précipita vers l'écurie qui servait désormais de débarras et prit un des seaux qui étaient empilés là. Elle le plongea ensuite dans le tonneau de la cour, que l'eau de pluie avait rempli jusqu'au tiers. L'eau avait été chauffée par le soleil et, alors qu'elle l'apportait au poney, Kate espéra qu'elle ne faisait pas de bêtise.

Elle se faufila dans le box ouvert et tendit le seau à l'animal. Il effleura la surface de l'eau du bout des lèvres. Kate crut un instant qu'il allait se rendormir mais alors, le poney se mit à boire à grosses lampées.

— Que des petites gorgées ! s'exclama Kate.

Elle écarta le seau puis lui tendit à nouveau. Après l'avoir laissé boire la moitié de l'eau, Kate posa le seau de l'autre côté de la porte. Elle se tourna ensuite vers le hongre et scruta sa robe terne et ses côtes apparentes.

— Tu as besoin de t'engraisser et de subir un bon shampooing, murmura-t-elle.

Elle détourna la tête en entendant le bruit de pas pressés. Lizzie apparut au coin de la cour, l'air inquiet.

— Pourquoi Nando est-il autant agité ? demanda-t-elle. Il fait des allers-retours dans le paddock au pas de course et hennit à n'en plus pouvoir.

Kate déglutit. Elle savait qu'elle avait besoin de l'aide de Lizzie, et réalisa soudain l'énormité de son acte. Comment sa tante allait-elle réagir en voyant un poney qu'elle ne connaissait pas apparaître dans la cour ? *Il est maintenant trop tard pour le cacher*, pensa Kate. Elle agita son bras en direction de l'écurie.

— Viens voir, dit-elle.

Lizzie regarda par-dessus la porte et cligna des yeux d'étonnement.

— Un poney ! Mais d'où vient-il ?

— Je l'ai trouvé de l'autre côté de la ville, lui expliqua Kate. Une bande de garçons s'amusait à lui jeter des pierres. Il était terrifié. Je ne pouvais pas le laisser comme ça.

À son grand soulagement, sa tante approuva d'un signe de tête.

— Tu as bien fait. S'il s'était mis à galoper entre les voitures, un accident grave aurait pu se produire. Bien joué, Kate.

Kate se dandina, mal à l'aise. Devait-elle dire à sa tante que le poney n'était, en fait, pas en liberté mais attaché à un poteau ?

— Je vais appeler la police, décida Lizzie. Et leur dire que son propriétaire peut venir le récupérer ici.

— Ça m'étonnerait qu'il en ait un, s'empressa de répondre Kate. Regarde dans quel état il est.

Elle était persuadée qu'on avait abandonné le poney dans le but qu'il meure. À cette pensée, ses ongles s'enfoncèrent dans ses paumes.

Lizzie hocha de nouveau la tête.

— Tu as peut-être raison, mais je dois quand même appeler la police pour être dans la légalité.

— En tout cas, s'il a un propriétaire, il devrait être poursuivi pour maltraitance envers les animaux, répliqua Kate avec virulence.

— Malheureusement, tu verras ici beaucoup d'animaux maigres et peu soignés, l'avertit sa tante. Ce n'est pas facile de les garder dans de bonnes conditions sous ce climat, et les standards sanitaires sont différents ici, ce qui ne signifie pas pour autant que les Argentins aiment moins leurs bêtes. Mais c'est vrai que ce poney semble particulièrement mal en point.

Elle tapota sur le rebord de la porte du bout des doigts.

— On va bien le nettoyer et lui laisser l'opportunité de se reposer aujourd'hui mais demain matin, je serai obligée d'appeler la police.

Elle se tourna vers Kate.

— Je ne peux vraiment pas attendre plus longtemps pour les prévenir. Et maintenant, dit-elle sur un ton animé, pourquoi n'irais-tu pas lui chercher du foin dans l'écurie, à côté de la sellerie, pendant que je vais me changer ? Regarde si tu trouves le shampooing et la poudre anti-poux en même temps.

— La poudre anti-poux ? répéta Kate.

Lizzie acquiesça.

— Tu vois comme sa queue est maigre ? C'est parce qu'il s'est gratté. Et j'ai le sentiment que sous toute cette crasse, se cachent des plaies. Il me semble que j'ai de la crème antiseptique à la maison.

Elle se prépara à partir.

— Oh, et il y a des licols dans une boîte, dans la sellerie. Tu peux en ramener un ?

— Oui, bien sûr, répondit Kate.

Elle se réjouissait à l'idée d'aider le poney. *Et lorsque personne ne viendra le réclamer, Lizzie décidera peut-être même de le garder,* se dit-elle. *Il pourra tenir compagnie à Nando !*

Kate sortit deux licols de la boîte, pensant qu'elle pourrait en profiter pour laver Nando, aussi. Elle prépara deux tas de foin dans la cour pour que les poneys mangent pendant qu'elle les laverait, puis elle alla chercher le hongre de sa tante.

— Viens avec moi, mon beau, dit-elle alors qu'elle passait le licol autour du poney alezan. Il est temps que tu fasses connaissance avec ton nouveau copain.

Elle fixa la longe de Nando à un anneau d'attache, puis sortit le poney gris de son box. Nando poussa un long et profond hennissement quand Kate attacha le hongre à quelques pas de lui. Le poney fourra son nez dans le tas de foin et se mit à dévorer, ignorant complètement Nando.

Kate alla ensuite remplir un seau d'eau chaude au ranch, puis mouilla la robe de Nando avant de le savonner à l'aide d'une grosse éponge jaune. Elle l'abandonna quelques instants pour attacher le tuyau d'arrosage au robinet extérieur et poussa un soupir de soulagement quand elle vit l'eau couler. Rafael avait dû le réparer. Alors qu'elle rinçait Nando, elle fut surprise de constater à quel point sa crinière et sa queue étaient claires sous la poussière et la saleté : le crin, qui était auparavant d'un jaune terne, brillait à présent de beaux reflets dorés. Elle se servit ensuite d'un couteau de chaleur pour enlever l'excès d'eau, puis laissa l'équidé sécher pendant qu'elle s'attaquait au poney gris.

Lorsque Kate fit couler doucement le jet d'eau sur le dos de l'animal, celui-ci rejeta brusquement la tête en arrière, alarmé.

— Du calme, murmura Kate.

Elle baissa le jet d'eau sur les sabots du hongre et attendit qu'il s'apaise. Quand il se remit à brouter le foin, Kate, petit à petit, remonta le tuyau d'arrosage. Le poney gris frémit comme l'eau coulait le long de ses flancs, mais ne se rebiffa pas. Kate, qui s'était ensuite mise à la savonner aussi doucement que possible, fut horrifiée de remarquer que des petites touffes de poils lui tombaient entre les doigts, révélant dans la robe du hongre des morceaux de peau rose qui avait l'air irritée et sensible.

Après avoir rincé le poney, Kate se recula.

— Oh, mon pauvre, lâcha-t-elle, la gorge nouée.

Maintenant que la saleté avait disparu, sa peau à vif et son corps squelettique frappaient encore plus l'œil.

— On va laisser sa robe sécher au soleil, et après on lui mettra de la crème et de la poudre, dit Lizzie qui avait rejoint Kate.

Elle passa son bras autour des épaules de sa nièce et la serra contre elle.

— Ne t'inquiète pas, nous pouvons le remettre sur pied rapidement. Quelques jours de repos et d'alimentation, et ce sera un nouveau poney.

Elle s'approcha de l'équidé et lui caressa la joue.

— Il me fait un peu penser au premier poney de Carlos, Cohete. Il était gris et mesurait treize paumes environ. Il a vécu jusqu'à l'âge de vingt-sept ans. C'était aussi sur lui que Clara avait appris à monter.

— Cohete, susurra Kate, trouvant le nom à son goût. Ça lui irait bien, non ?

— Il n'est pas à nous, l'avertit Lizzie. Et je suis sûre que son propriétaire ne tardera pas à venir le récupérer.

Kate acquiesça, mais osa secrètement espérer que Cohete resterait ici.

— Je dois trop travailler, confessa Luis à Kate tôt le lendemain matin, alors qu'elle pénétrait dans l'arrière-cour. Je passe la tête dans cette écurie, que je sais pertinemment vide, et je vois un poney dedans.

Kate rit.

— Tu ne rêves pas. Il s'appelle Cohete. Il est magnifique, tu ne trouves pas ?

— Ouah ! On dirait que j'ai oublié de mettre mes lunettes roses ce matin, répondit Luis en se retournant vers le poney. Je ne suis pas sûr que « magnifique » soit le premier mot qui vienne à l'esprit quand on le regarde. Est-ce que tu comptes ramener encore d'autres copains ici, pendant ton séjour ?

Kate était de trop bonne humeur pour se laisser atteindre par les railleries du garçon.

— Ce n'est pas comme s'il n'y avait pas assez de place, répliqua-t-elle.

Elle posa son menton sur la porte de l'écurie et observa Cohete. Sa robe blanche était propre et soyeuse et sa queue, bien qu'encore trop courte, avait meilleure allure depuis que Lizzie l'avait démêlée. *Et on peut lui faire prendre quelques kilos*, pensa Kate. Comme le râtelier était vide, le poney hennit doucement, ses yeux pleins d'espoir posés sur Kate.

— Je vais t'en chercher tout de suite, le rassura-t-elle.

— Fusée, hein ? dit Luis alors qu'ils traversaient la cour ensemble.

Kate fronça les sourcils.

— Quoi ?

— Fusée. C'est ce que Cohete veut dire en espagnol, lui expliqua-t-il.

— Oh, ça me fait penser, commença Kate en se souvenant de ce que l'un des garçons lui avait dit la veille. Ça veut dire quoi *movimiento bravo* ?

— « Geste audacieux », répondit Luis.

Il secoua la tête.

— Pour que ce cheval soit capable d'avancer comme une fusée, il faudrait en poser une sous lui.

Luis jeta à Kate un sourire exaspérant et prit le chemin de son atelier.

— Attends de voir un peu, lui lança-t-elle. D'ici la fin de l'été, Cohete gagnera des courses.

Si je suis encore au ranch à ce moment-là, pensa-t-elle. Et d'ailleurs la propriété sera peut-être vendue avant.

Elle ramassa du foin et regagna l'écurie. Elle fut surprise d'y trouver Clara, qui caressait l'encolure de Cohete. Sa cousine leva les yeux et, en la voyant, enleva vivement sa main du poney comme si elle venait de se brûler. Elle se dirigea alors vers la porte, frôlant Kate au passage.

— T'en as pas marre de quitter une pièce à chaque fois que je rentre dedans ? grommela Kate tout en remplissant le râtelier de foin. Ça doit être ennuyeux à la longue.

Elle pensait que Clara allait l'ignorer et s'étonna de la voir se retourner.

— Il faut remettre de la crème sur ses plaies, dit-elle. Je vais en chercher.

— Merci, cria Kate à sa cousine qui s'en allait déjà.

Elle tendit la main pour caresser Cohete.

— Tu me portes déjà chance, dit-elle à voix basse. Elle ne m'a jamais rien dit d'aussi gentil depuis que je suis arrivée !

Elle déposa un baiser sur le chanfrein du poney.

— Je reviendrai un peu plus tard voir comment tu vas.

Kate, tout en sifflotant, s'en alla récupérer la selle et le bridon de Nando dans la sellerie. Elle prit au passage une vieille boîte de savon pour selle, une éponge et emporta le tout dans la cour. Elle posa le harnachement sur la porte d'un box, alla chercher de l'eau chaude, puis se mit à savonner la selle de Nando. Alors qu'elle frottait, le cuir s'adoucit, s'assouplit et révéla une belle couleur noyer. *C'est vraiment une selle de bonne qualité,* réalisa Kate.

Elle nettoya ensuite le bridon, puis se dirigea vers le paddock, le harnachement à la main. Cette fois-ci, elle réussit à attraper Nando comme Lizzie le lui avait montré, et réussit à passer les rênes autour de son encolure avant même que le poney ait pu deviner ses intentions.

— C'est bien, t'es gentil, le loua Kate, alors qu'elle glissait le mors dans sa bouche, puis passait la têtière au-dessus de ses oreilles.

La robe de Nando brillait comme une noisette qui viendrait de sortir de sa coquille.

— Tu es resplendissant, s'enthousiasma Kate en le brossant rapidement de la main.

Après l'avoir bridé, Kate monta le poney. Elle pressa les jambes contre ses flancs et le mena jusqu'au fond de l'enclos. Rafael était accroupi au pied de la palissade et réparait une barrière cassée dans le paddock adjacent.

— Ton poney peut s'installer dans ce paddock-ci jusqu'à ce que lui et Nando se soient habitués l'un à l'autre, dit-il à Kate qui s'arrêtait.

Il leva les yeux vers elle et lui fit un clin d'œil.

— Il est temps qu'on remette ce ranch en état et qu'il tourne à nouveau.

Kate sourit puis donna un coup de talon à Nando. Le hongre répondit à son appel en s'élançant au trot. Sa cavalière rebondissait contre la selle.

— Ne pense pas en haut et en bas, mais d'avant en arrière, lui cria Rafael.

Kate essaya d'appréhender les foulées du poney et, lorsqu'elle parvint à ressentir son rythme, elle se hissa sur les étriers. *Rafael a raison, c'est beaucoup plus facile si on pense d'avant en arrière.* Elle fit le tour de l'enclos, ravie de réussir à se caler en douceur sur le trot de Nando. Elle fit tourner sa monture et la dirigea avec l'autre rêne quelque temps avant que le poney ne commence à secouer la tête.

— Assez pour aujourd'hui ? demanda-t-elle, alors qu'elle le faisait s'arrêter.

Sachant que Nando n'avait pas été monté depuis longtemps, elle ne voulait pas le surmener. Elle se laissa glisser à terre et dessella le hongre.

— Merci, mon beau.

Elle lui tapota l'épaule pour lui montrer qu'il pouvait s'en aller.

Quand Kate se retourna pour sortir du paddock, elle vit une grosse voiture noire, qui avait l'air tout droit sortie d'un film de gangster, se garer devant la maison. Deux hommes, en chemises aux cols ouverts et pantalons noirs, en sortirent, suivi d'un garçon qui disait vaguement quelque chose à Kate. Alors qu'elle essayait de se souvenir d'où elle le connaissait, Rafael la rejoignit.

— Qui c'est ? demanda-t-elle.

Rafael haussa les épaules.

— Je n'en ai aucune idée. Ils viennent peut-être visiter le ranch.

Il ouvrit la barrière du paddock et s'approcha des hommes.

— Hola ! les salua-t-il.

Le plus grand des deux hommes lui répondit en espagnol, puis se mit à faire de grands gestes furieux dans la direction de Kate. Soudain, elle se souvint où elle avait vu le garçon aux cheveux bouclés. Il faisait partie de la bande qui lançait des pierres sur Cohete. *C'est celui qui m'a dit que je ne pouvais pas le prendre,* réalisa-t-elle avec désarroi.

Ses pieds pesaient aussi lourd que du plomb quand Rafael lui demanda de s'approcher.

— Ils disent qu'ils sont venus chercher leur poney, traduisit-il à son intention.

Son visage resta impassible et il continua :

— Ils ont dit que tu l'avais pris sans leur autorisation, et que si tu ne leur rendais pas tout de suite, ils allaient appeler la police.

Avant que Kate n'ait eu le temps de répondre, la porte de la véranda claqua. Lizzie les regarda, le visage pâle.

— Est-ce que c'est vrai ? demanda-t-elle à sa nièce. Est-ce que tu as volé leur poney ?

Chapitre VII

Les joues de Kate devinrent écarlates.

— Ça ne s'est pas passé comme ça ! protesta-t-elle. Ils... Elle pointa le garçon du doigt :... le torturaient.

Lizzie traduisit ses paroles aux hommes, et sa bouche se crispa quand ils répondirent.

— Ils disent que tu as détaché le poney et que tu l'as enlevé.

Kate baissa les yeux et frotta ses bottes contre le sol.

— Oui, c'est vrai, admit-elle.

Elle releva les yeux.

— Mais comment aurais-je pu savoir qu'il appartenait à quelqu'un ? On aurait dit qu'il avait été abandonné. Qu'est-ce que j'étais censée faire ? Le laisser mourir ?

Lizzie passa les mains sur son visage.

— Je suis quasiment certaine qu'il n'était pas sur le point de mourir.

— Tu n'étais pas là, répliqua Kate, entêtée.

Bon, oui, elle savait que Cohete n'était pas en danger de mort, mais le simple fait qu'il était effrayé et qu'il souffrait lui donnait envie de hurler. Si elle pouvait revenir en arrière et revivre la scène, elle referait la même chose. *Et si cela fait de moi une voleuse, alors très bien, pourvu que Cohete soit ici plutôt qu'attaché à ce piquet et frappé à coup de pierres.* Elle leva le menton d'un air de défi et fixa le plus grand des deux hommes. Tout en soutenant son regard, elle s'adressa à Lizzie :

— Demande-lui pourquoi Cohete n'avait pas d'eau. Demande-lui pourquoi Cohete était attaché sur un petit bout de terrain nu dont il avait visiblement brouté la dernière herbe. Demande-lui pourquoi ce garçon et ses amis étaient en train de torturer Cohete. Et demande-lui pourquoi Cohete est maigre au point qu'on peut compter chacune de ses côtes et pourquoi il perd des touffes de poils à cause des poux.

Elle secoua la tête, écœurée.

— Et puis, demande-lui s'il a toujours autant envie d'appeler la police, maintenant.

Rafael se mit à traduire ce que Kate venait de dire. Dès qu'il eut fini, Lizzie s'adressa aux hommes sur un ton conciliant. Ils se regardèrent, puis le plus grand des deux acquiesça d'un bref signe de tête.

— Demain, articula-t-il dans un anglais laborieux. Après, nous venons.

Kate les regarda regagner leur voiture et descendre l'allée avant de se tourner vers Lizzie.

— Qu'est-ce que tu leur as dit ?

— Je leur ai expliqué que plus ils nous laisseraient Cohete, plus il irait mieux.

Elle s'interrompit, puis ajouta :

— Et qu'il aurait plus de valeur pour eux.

Elle soupira.

— Ils ont accepté qu'il reste un jour de plus. Ils reviennent le chercher demain.

Kate ouvrit la bouche, s'apprêtant à protester, mais Lizzie leva la main pour la faire taire.

— Cohete ne nous appartient pas, déclara-t-elle. Estimons-nous heureuses de pouvoir en faire autant pour lui.

— Je suis désolée, murmura Kate. J'ai l'impression qu'à part créer des problèmes, je ne sais rien faire d'autre.

— J'aurais fait exactement la même chose à ta place, reprit Lizzie de manière inattendue.

Kate dévisagea sa tante, perplexe.

— Pour tout te dire, je suis quasiment persuadée que je leur aurais renvoyé leurs pierres, continua-t-elle.

Elle balaya un cheveu qui était tombé sur sa veste en lin.

— Comment va Cohete, aujourd'hui ?

— I... il va beaucoup mieux, balbutia Kate. Tu as le temps de venir le voir ?

Lizzie jeta un coup d'œil à sa montre.

— Je suis déjà en retard au travail, répondit-elle, l'air désolé. Mais j'irai le voir en rentrant cet après-midi. Je m'arrêterai à la ferme, avant, pour lui acheter un sac de grains, donc j'arriverai un peu plus tard que d'habitude.

Elle lança un regard malicieux à Rafael.

— Et Santa dit qu'elle sait où dénicher une ou deux canettes de bière qu'on versera dans la nourriture de Cohete pour l'aider à prendre un peu de poids.

— Pouah ! maugréa Rafael. Ce sera un vrai gâchis !

Lizzie bascula la tête en arrière et rit, ramenant Kate des années en arrière quand sa tante paraissait insouciante.

— À tout à l'heure.

Lizzie leur fit signe de la main et se dirigea vers son camion.

— Au fait Kate, ajouta-t-elle, essaie de ne pas avoir d'autres surprises pour moi quand je rentre !

Tôt le lendemain matin, Kate passa un licol à Cohete et le fit sortir de l'écurie. Ses plaies avaient déjà commencé à foncer et à sécher. *Je n'arrive pas à croire que nous allons devoir le laisser partir.* Pendant un court moment de folie, elle s'imagina monter sur le dos chaud de Cohete et l'emmener loin d'ici pour empêcher ses propriétaires de le reprendre. La gorge de Kate se noua quand elle attacha une longe au poney pour le mener dans le paddock jouxtant celui de Nando.

— Va, dit-elle en débouclant le licol. Profites-en pendant que tu le peux.

Au début, Cohete ne bougea pas et observa le pré comme s'il ne parvenait pas à croire ce qu'il voyait. Mais, très vite, il baissa la tête et se mit à brouter l'herbe verte avec ardeur.

Kate le regarda un petit moment, puis retourna dans l'arrière-cour. Rafael était en train de poncer la porte de la sellerie.

— Je peux vous aider ? proposa Kate.

— Ouvre la créosote, demanda Rafael en lui indiquant le pot d'un signe de tête. Dès que j'aurai fini, tu pourras attaquer la peinture.

Lorsque Rafael passa à la porte suivante, Kate se mit à appliquer le liquide épais et marron sur le bois en donnant de longs coups de pinceau réguliers. Pendant qu'elle peignait, elle s'efforça d'écarter Cohete de ses pensées. Grâce à la couche de traitement pour bois, la porte de l'écurie eut très vite meilleure allure. *Il n'en faudrait pas beaucoup pour remettre cet endroit sur pied,* constata Kate. Ça ne faisait pas si longtemps que le ranch avait arrêté de tourner. Il avait juste besoin d'être un peu dorloté.

— T'en as oublié un ! lui lança gaiement Luis qui passait par là.

Kate se retourna et lui tira la langue.

— Tu ferais mieux de nous aider au lieu de critiquer.

— J'aimerais bien, mais je ne voudrais pas que mon travail dévalorise le tien, répliqua-t-il.

— Dans tes rêves ! lui cria Kate qui achevait la porte du bas et s'apprêtait à attaquer celle du haut.

Rafael et elle travaillèrent toute la matinée jusqu'à ce que les deux rangées de box soient finies. Le bois luisait sous le soleil d'un beau brun éclatant, et une odeur âcre emplissait l'air.

— Bien, dit Rafael en hochant la tête. Très bien.

— On devrait arracher les mauvaises herbes maintenant, suggéra Kate en désignant les touffes vertes qui se frayaient un passage entre les pavés.

— Quand je me serai occupé des gouttières, répondit Rafael. Elles sont complètement bouchées et ont besoin d'être nettoyées.

Kate baissa les yeux sur le pinceau et le pot de créosote.

— Où est-ce que je range ça ?

— Je m'en occupe.

Rafael emporta le matériel dans la grange.

Kate regagna le ranch pour se laver les mains. Santa était dans la cuisine et préparait des sandwichs et une énorme salade de fruits.

— Pour les travailleurs ! s'exclama-t-elle, tout sourire. Comment ça se passe ?

— On a fini les deux rangées de box, lui raconta Kate en ouvrant le robinet.

Santa, rayonnante, déposa les plats sur la table.

— Tu veux bien sonner la cloche, s'il te plaît ?

Kate ouvrit la porte de derrière et tira sur la corde qui pendait le long du mur, faisant ainsi carillonner fort la cloche. Quand elle revint dans la cuisine, elle vit Clara qui l'attendait.

— Ils sont là, dit sa cousine brièvement.

Elle n'avait pas besoin d'expliquer de qui elle parlait. Le cœur de Kate se mit à battre la chamade lorsqu'elle suivit Clara dans la véranda. Les hommes de la veille se tenaient juste devant leur voiture mais cette fois-ci, le garçon ne semblait pas les avoir accompagnés.

— Qu'est-ce qu'on va faire ? chuchota Kate.

Sa cousine haussa les épaules.

— La seule chose que nous n'allons pas faire, c'est essayer de garder ce qui leur appartient.

— On ne peut pas leur rendre Cohete. Ils ne vont pas s'en occuper ! s'emporta Kate.

— Maman a assez de problèmes à gérer comme ça, lui rappela Clara.

À ce moment-là, la voiture de sa mère déboula dans l'allée. Elle se gara à côté de celle des deux hommes, et Lizzie en sortit. Elle se dirigea vers les propriétaires du poney, une enveloppe marron à la main qu'elle agitait en l'air, et parla à toute vitesse en espagnol.

— Qu'est-ce qu'elle raconte ? demanda Kate à sa cousine.

Le visage de Clara s'assombrit.

— Comme si tu ne le savais pas déjà. Elle leur demande combien ils veulent pour le poney.

Kate prit une courte inspiration.

— Elle fait quoi ?

— Comment as-tu pu la convaincre de faire ça ? dit Clara sur un ton amer.

— Mais je n'en savais rien ! protesta Kate.

— Laisse tomber, la rembarra Clara.

Elle dévala les marches et s'empressa de rejoindre Lizzie. Kate n'avait pas besoin de comprendre l'espagnol pour deviner que Clara essayait de dissuader sa mère d'acheter Cohete. Lizzie secoua la tête, et Clara jeta un regard noir à sa cousine avant de disparaître avec raideur.

Kate retint sa respiration en priant pour que les hommes acceptent la proposition de Lizzie. *Par pitié, faites qu'il reste avec nous, s'il vous plaît.*

Sa tante sortit alors une liasse de billets de l'enveloppe.

Oui ! En voyant Lizzie compter l'argent qu'elle déposait au fur et à mesure dans la main tendue de l'homme, Kate eut envie de faire une roue. Peu de temps après, ils remontèrent dans leur voiture, puis s'éloignèrent lentement.

Kate sauta au bas des marches et courut jusqu'à Lizzie.

— Tu as acheté Cohete ?

— On dirait bien que oui.

Lizzie était toute rouge.

— J'avais besoin de vendre un poney, et voilà que j'en possède deux, maintenant !

Kate jeta ses bras autour du cou de sa tante.

— C'est la chose la plus formidable qui soit !

— Hum, je n'en suis pas si sûre. Mais c'est ce qui me semblait être la meilleure chose à faire. Pourquoi est-ce que tu ne vas pas annoncer la bonne nouvelle à Cohete ?

Lizzie la serra fort dans ses bras avant de la laisser partir.

— Je vais me changer et je te rejoins après.

Lorsque Lizzie se tourna vers le ranch, Kate crut voir une expression peinée traverser le visage de sa tante.

La jeune fille escalada la barrière de l'enclos de Nando et marcha jusqu'au fond du paddock. Nando broutait à côté de la clôture, et le cœur de Kate se serra soudain quand elle découvrit Clara de l'autre côté du poney.

— Oh, oh, je sens venir une nouvelle agression, grommela-t-elle.

Elle prit une grande inspiration et alla rejoindre sa cousine au niveau de la barrière. Cohete était à quelques pas de là, de l'autre côté de la clôture, et broutait l'herbe en remuant la queue. Kate espérait que Clara s'en aille. Elle avait envie d'enlacer le hongre et de lui dire qu'il n'avait désormais plus rien à craindre. *Mais pas avec Clara qui me fusille du regard.*

— Maman n'a pas les idées claires ! lança soudain sa cousine.

Elle regardait dans le vague.

— Quand le ranch sera vendu, comment fera-t-elle pour garder ne serait-ce qu'un poney, ne parlons même pas de deux ?

— Peut-être qu'elle arrivera à trouver une maison avec un pré ? suggéra Kate.

Clara secoua la tête.

— Elle n'aura pas assez d'argent.

Elle laissa échapper un rire qui sonnait faux.

— Elle n'a pas assez d'argent pour quoi que ce soit, en fait. Est-ce que tu sais comment elle a pu acheter Cohete ?

Kate attendit, avec le sentiment qu'elle ne voulait pas entendre la réponse.

— Elle a vendu la selle de polo de Nando, lui dévoila Clara. C'était un cadeau que mon père lui avait fait. C'était la dernière chose de valeur qui restait.

Kate enroula une mèche de cheveux autour de son doigt.

— Je suis désolée, murmura-t-elle.

Elle pensait intérieurement que sauver Cohete valait bien plus qu'une centaine de selles, mais ne voulait paraître sans cœur.

— Je ne savais pas, s'excusa-t-elle. Je comprends pourquoi ça te met si en colère.

Clara soupira.

— Non, conclut-elle en s'apprêtant à partir. Tu ne comprends rien.

Kate regarda sa cousine s'éloigner vers le ranch.

— Je pense que je préférais quand elle me criait dessus, commenta-t-elle à voix haute.

Elle enjamba la clôture et alla voir Cohete. Elle tendit le bras pour caresser le poney, mais celui-ci s'ébroua de façon inattendue et s'effaroucha. Kate cligna des yeux, étonnée, puis réalisa que Cohete devait croire qu'elle allait le faire sortir du paddock.

— Tu ne pourrais pas plus te tromper, murmura-t-elle.

Elle s'assit sur la barrière, ravie d'être là, à regarder Cohete brouter.

— D'ici peu, tu commenceras à te remplumer, observa-t-elle.

— Et alors, il aura l'air d'un tout autre poney, dit Lizzie en s'asseyant à côté de sa nièce.

Kate joignit les mains et examina ses ongles. Le vernis était écaillé et deux de ses ongles étaient cassés. *Je ne sais pas pourquoi, mais je doute qu'il y ait une manucure en ville.* Pourtant, cela ne la préoccupa pas plus que ça.

— Je suis désolée que tu n'aies pas eu d'autres choix que de vendre la selle de Nando pour pouvoir acheter Cohete, avoua-t-elle à sa tante.

Lizzie plaqua une mèche de cheveux derrière son oreille.

— Clara te l'a dit.

Elle haussa les épaules.

— Qu'est-ce qu'une selle comparée à un animal dans le besoin ? Je suis juste désolée que tu n'aies plus de selle pour monter Nando, maintenant. C'était tellement bon de savoir qu'il refaisait de l'exercice.

Kate n'avait pas songé à ça.

— Je peux le monter à cru, je pense, suggéra-t-elle.

Cohete s'ébroua alors qu'il cherchait du bout du nez les meilleures pousses d'herbe. Kate rit.

— Il n'était pas aussi difficile, il y a quelques heures.

Lizzie sourit.

— Je suis contente que nous ayons pu l'aider. C'est si dur de voir des poneys souffrir. J'ai souvent rêvé de pouvoir en ramener ici, mais tu as été la seule à avoir le courage de le faire.

— Ce n'était pas vraiment du courage, avoua Kate. J'étais tellement énervée que la colère a pris le dessus !

Elle s'interrompit quelques instants.

— Que vont devenir Nando et Cohete quand le ranch sera vendu ?

Lizzie leva la main et appela doucement Cohete. À sa grande surprise, Kate vit le hongre s'approcher d'elles, les oreilles dressées.

— Je ne veux pas me soucier de ça, maintenant, répondit Lizzie, alors que Cohete flairait sa main. Personne ne s'est intéressé au ranch depuis des mois. Nous allons donc encore rester là un petit moment !

Chapitre VIII

Le lundi suivant, Kate se leva tôt, prit son petit déjeuner, puis descendit dans la cour.

— Est-ce que tu sauras te préparer à manger toute seule, ce midi ? lui demanda Santa. Une de mes amies tient un stand à une foire aujourd'hui, et je lui ai promis de la remplacer pour qu'elle puisse prendre une pause à midi.

— Je peux faire des croque-monsieur, suggéra Kate. J'en ferai pour tout le monde.

— Fantastique, s'enthousiasma Santa, le visage illuminé par un grand sourire.

— Où est-ce qu'a lieu la foire ? demanda Kate, curieuse.

Elle irait bien y faire un tour, si c'était dans le coin.

— Aux abords d'un village, à moins d'un kilomètre d'ici, lui répondit Santa. Tous les ans, l'agriculteur loue ses champs pour que la foire s'y installe.

Kate réfléchit, le nez plissé. S'il y avait une foire, cela signifiait qu'il y aurait une foule de personnes prêtes à dépenser leurs sous. *Tout ce dont tu as besoin, c'est de trouver quelque chose à vendre.* Elle ne pouvait pas s'empêcher de penser à l'argent que Lizzie avait donné pour acheter Cohete. *De l'argent qu'elle ne pouvait pas se permettre de dépenser.*

— Où est la foire, exactement ? demanda-t-elle à Santa.

Kate brossa Nando jusqu'à ce que sa robe brille, puis posa une couverture pliée sur son dos. Elle l'avait prise sur le canapé du salon.

— Je sais que ce n'est pas pareil qu'une selle, dit-elle à Nando en le menant dans la cour. Mais c'est tout ce que nous avons.

Puisqu'elle n'avait pas d'étriers pour se hisser sur le dos du poney, elle s'aida d'un seau qu'elle avait retourné. Elle pouvait sentir à travers la couverture la chaleur qui émanait du corps robuste du hongre. Lorsque Kate fit descendre l'allée à Nando, Cohete, depuis son enclos, poussa un hennissement perçant. Kate sourit, contente de voir que les deux poneys semblaient bien s'entendre. Elle jeta un coup d'œil à Cohete qui les suivait de l'autre côté de la barrière. Au cours des quatre jours qu'il venait de passer au ranch, le poney gris avait déjà pris du poids et les plaies sur sa robe commençaient à cicatriser.

— À tout à l'heure, lui cria-t-elle quand ils dépassèrent son enclos.

Lorsqu'ils arrivèrent en bas de l'allée, Nando parut souffrir un peu au niveau des sabots. Comme elle réalisait alors que, puisqu'il n'avait pas de fers, il boiterait sûrement avant qu'ils atteignent la foire, Kate fut soulagée de découvrir qu'un étroit chemin de terre longeait la route principale. Elle fit trotter Nando pendant quelque temps puis, l'audace la gagnant, elle le lança au galop. Le poney se mit à onduler en cadence, et Kate agrippa une touffe de crinière tout en essayant d'épouser l'allure de Nando. *J'y arrive, je suis en train de galoper !*

Kate fut quelque peu déçue quand Nando ralentit et se remit à aller au pas mais, consciente de la petite forme du hongre, elle n'insista pas. Ce ne fut pas long avant qu'elle aperçoive les premiers panneaux indiquant la foire. Elle suivit les flèches jaunes et s'engagea sur un chemin sinueux qui, petit à petit, se trouva ombragé par d'épaisses haies. Au bout du sentier, Kate tourna et passa l'entrée du champ de foire. Elle demanda à Nando de s'arrêter pour qu'elle puisse prendre ses repères.

Ça n'avait pas l'air tellement différent d'une foire anglaise, le genre de manifestation où l'on trouvait des manèges et diverses attractions, ainsi que des rangées d'étals de nourriture et d'objets artisanaux. La partie du champ la plus proche était encombrée de véhicules garés et, au-delà, s'étendait une multitude de stands et de chapiteaux. Kate mit pied à terre et guida Nando à travers les voitures. Elle trouva une place libre derrière une grande tente, sous laquelle on vendait du cochon à la broche, et accrocha la pancarte qu'elle avait apportée.

EL PONI CABALGA 2 PESOS.

Elle s'était servie d'un dictionnaire d'espagnol qu'elle avait trouvé au ranch pour traduire cette phrase ; elle espérait que cela voulait bien dire « Tour de poney, 2 pesos. »

Après s'être assurée que sa pancarte était bien fixée au poteau, elle se posta à côté et attendit. Le soleil brillait en ce début d'après-midi, et il n'y avait aucun coin d'ombre alentour. Nando piaffa, faisant voler de la poussière, et agita la tête nerveusement.

— Du calme, mon beau, murmura Kate qui passait en revue le champ à la recherche d'éventuels clients.

Dix minutes passèrent sans que personne n'approche assez près pour pouvoir lire la pancarte et lui signifier au moins que ce n'était pas une bonne idée. Totalement désespérée, Kate attacha Nando à la barrière, puis se dirigea vers les étals.

— Tours de poney, deux pesos ! cria-t-elle avant de se dire qu'il serait plus efficace de le faire dans ce qu'elle espérait être un espagnol correct : *El poni cabalga !*

— *Donde ?* demanda une petite fille en lui tirant le bras.

Sa mère l'attendait non loin de là, occupée à bercer un bébé qu'on avait enveloppé dans un châle aux couleurs vives.

— Suis-moi, répondit Kate.

Elle emmena la petite fille à l'endroit où elle avait laissé Nando. Elle rangea les pièces de monnaie que lui avait données l'enfant dans son sac à dos, puis se tourna pour l'aider à monter.

— Prête ?

La petite fille agrippa la crinière du poney, et Kate fit claquer sa langue. Nando marcha calmement à hauteur de Kate, qui le mena jusqu'au milieu du champ avant de lui faire faire demi-tour.

Elle arrêta le hongre et fut ravie de voir, alors qu'elle aidait la petite fille à descendre, que deux autres enfants attendaient leur tour. Elle empocha les pièces suivantes et fit avancer Nando une nouvelle fois. Lorsqu'elle fit tourner le poney pour revenir sur ses pas, elle fut étonnée de constater que cinq autres enfants avaient pris place dans la queue. *Ça marche ! Ça marche vraiment !* Elle pourrait peut-être même récupérer toute la somme que Lizzie avait dépensée pour Cohete.

Au bout d'une heure, Kate commença à être désespérément assoiffée. Alors qu'elle arrêtait Nando et aidait son cavalier à descendre, elle se demanda si elle ne pourrait pas faire une courte pause.

— Hé, *Ingles* ! lança une voix.

Le cœur de Kate se serra quand elle vit deux des garçons qui avaient maltraité Cohete rejoindre la file.

— Tu as volé un autre cheval ? cria l'un des deux.

Kate l'ignora et fit monter l'enfant suivant sur le dos de Nando. Elle s'interdit de regarder dans leur direction pendant qu'elle guidait le poney dans le champ.

Lorsqu'elle fit demi-tour, elle fut soulagée de voir que les garçons avaient préféré s'approcher d'un stand où l'on pouvait faire du quad sur une piste de fortune. Elle demanda à Nando d'avancer et s'aperçut que l'un des garçons la regardait par-dessus son épaule. *Va-t'en,* pensa-t-elle en le voyant approcher d'un pas nonchalant. À son grand étonnement, il lui tendit une bouteille d'eau.

— Ça doit donner soif ! lui dit-il.

Comme Kate hésitait, il l'incita à prendre la bouteille en déclarant dans un anglais parfait :

— Un cadeau de réconciliation.

Kate était sur le point de refuser quand elle capta une lueur amusée dans les yeux du garçon. *Il s'attend à ce que je l'envoie balader,* comprit-elle. Elle tendit donc le bras et prit la bouteille. *Et ça, ce n'est pas un geste audacieux ?* Elle s'était soudain souvenue que c'était lui qui avait fait cette remarque. Elle finit l'eau et lui rendit la bouteille vide avant d'aider l'enfant suivant à monter.

— Et comment va le poney ? lui demanda le garçon en avançant de l'autre côté de Nando.

— Bien. Mais pas grâce à toi, répliqua Kate.

— Du calme, *señorita,* dit-il en levant les mains. Ce n'est pas moi qui l'embêtais.

— Tu n'essayais pas d'empêcher les autres, non plus, répondit Kate en essayant de contenir la colère qui montait en elle.

— Sina, annonça le garçon d'une voix douce. Si tu comptes me crier dessus, autant que tu connaisses mon nom.

— Je ne crie pas.

Kate s'efforça de parler calmement.

— Je n'ai simplement pas de temps à perdre avec quelqu'un qui prend un malin plaisir à regarder un animal souffrir.

— Tu juges les choses bien vite, constata-t-il. Est-ce que tu tires toujours des conclusions hâtives sans même prendre la peine de connaître tous les détails ?

Kate se mordit la lèvre. En faisant faire un demi-tour serré à Nando, elle se souvint des voix qui s'étaient élevées quand on avait jeté une pierre sur elle et Cohete. Sina les avait-il défendus ?

— Et à part ça, tu as des chevaux en Angleterre ? lui demanda-t-il.

Kate secoua la tête.

— Il n'y a pas beaucoup de place pour garder un cheval à Londres. Tu y es déjà allé ?

— J'ai visité Buckingham Palace, Madame Tussauds, le London Eye et le Hard Rock Café, répondit Sina en souriant. Et tout ça pendant une escale très agitée, l'année dernière.

Il tapota l'encolure de Nando.

— C'est vrai que tu t'es fait renvoyer de l'école pour vol ?

Kate fut estomaquée.

— Qui t'a dit ça ?

Elle arrêta Nando et aida le cavalier à descendre. Puis elle leva les yeux du dos du poney et fixa Sina. Le garçon haussa les épaules.

— Les nouvelles vont vite par ici. Tu serais surprise de voir comme il est facile d'obtenir des renseignements sur les gens, *Kate*.

Il avait délibérément prononcé son prénom, comme pour lui rappeler qu'elle ne s'était toujours pas présentée.

Un sifflement aigu retentit dans le champ.

— Sina ! appela une voix.

Le garçon se retourna et leva un pouce en direction de l'ami qui lui faisait signe de venir.

— À très bientôt, déclara-t-il à Kate en lui jetant un sourire. Essaie de ne pas trop t'attirer d'ennuis.

Avant qu'elle ait le temps de répondre, il s'éloigna.

Kate aida le cavalier suivant à monter, les mains tremblantes de colère. Elle avait une très bonne idée de qui avait pu répandre la rumeur qui faisait d'elle une voleuse. *Clara !*

Au bout de quelques heures, les clients devinrent moins nombreux. Pendant que Nando faisait une pause, Kate vit Rafael qui s'approchait. Il leva les sourcils tout en déchiffrant la pancarte.

— Des tours de poney ?

— Je voulais collecter un peu d'argent pour Lizzie, s'empressa de répondre Kate.

Elle ne voulait pas que Rafael pense qu'elle avait l'intention de garder la somme gagnée.

— Et Lizzie est au courant ? demanda Rafael.

Il rabattit son chapeau en arrière et observa Kate.

— Je voulais que ce soit une surprise, dit-elle, se demandant si elle n'avait pas encore fait quelque chose de mal.

Le regard de Rafael était impassible.

— Ce n'est peut-être pas quelque chose que Lizzie aurait voulu que toi ou Nando fassiez. Elle est responsable de vous deux. Tu aurais dû lui demander, Kate la Tornade.

Essaie Calamity Kate, plutôt, grommela Kate intérieurement. Contrarier sa tante une nouvelle fois était bien la dernière chose dont elle avait envie.

Nando donna des coups du bout du nez contre la poitrine de Rafael. Le vieil homme gratta la joue du poney.

— Nando a l'air de bien s'amuser, constata-t-il. Tu as certainement remis un peu de pétillant dans sa vie.

— Je crois qu'il commence à en avoir assez, déclara Kate. Je vais rentrer au ranch.

Elle enfila son sac sur ses épaules et déchira la pancarte proposant des tours de poney. Rafael acquiesça.

— À tout à l'heure, alors, lui dit-il. Et ne le fais pas courir.

Alors qu'elle guidait Nando vers la sortie de la foire, Kate espéra que Lizzie ne serait pas fâchée. Elle avait toujours envie de rentrer chez elle, bien sûr, mais soudain, elle ne voulait plus être renvoyée dans la honte.

Elle fit aller Nando au pas sur tout le chemin du retour et, une fois arrivée, elle l'emmena directement dans la cour, où elle le bouchonna. Elle lui donna un peu des grains que Lizzie avait achetés et, pendant qu'il mangeait, elle alla chercher Cohete dans le paddock.

— À table, dit-elle au hongre gris.

Elle mit Cohete dans le box jouxtant celui de Nando et les laissa manger en paix. Sachant pertinemment qu'elle ne pouvait pas repousser le moment plus longtemps, elle se dirigea vers le ranch. Lizzie, Rafael et

Santa étaient assis sur la véranda et sirotaient du jus de fruits.

— Tu en veux un ? l'accueillit Lizzie. D'après ce que j'ai entendu dire, tu dois avoir soif après tout ce travail.

Kate s'affaissa, soulagée d'entendre le ton léger sur lequel Lizzie parlait. Elle n'était peut-être pas dans le pétrin, après tout.

— Je suis désolée. Je sais que j'aurais dû te demander la permission de prendre Nando, lâcha-t-elle d'un souffle. Mais je ne voulais pas que tu sois déçue si ça n'avait pas marché à la foire.

Lizzie la scruta en fronçant les sourcils.

— Tu aurais dû demander, oui. Nando est un vieux pépère, maintenant et il mérite qu'on le respecte. Mais Rafael m'a dit que tu ne l'avais pas surmené, que tu lui avais fait faire des pauses régulièrement et que tu lui avais donné à boire, donc au moins, tu as fait preuve de bon sens quelque part. Pensais-tu vraiment que je ne t'aurais pas laissée le prendre ?

Kate planta ses yeux sur les planches poussiéreuses qui se trouvaient sous ses pieds.

— La plupart du temps, quand j'ai une idée, les adultes disent non, dit-elle à voix basse.

— C'est peut-être parce que la plupart de ces idées semblaient insensées ! répondit Lizzie d'une voix chaleureuse. Mais celle-ci était bonne ; je suis fière de l'initiative que tu as prise. Faisons un marché : la prochaine fois qu'une idée te passe par la tête, viens m'en parler d'abord, tu veux ? Tu seras peut-être surprise du nombre de fois où je te dirai oui !

Kate leva les yeux.

— Marché conclu ! promit-elle.

Lizzie posa son verre par terre, à côté de sa chaise.

— Rafael nous a dit que vous avez eu beaucoup de succès avec les enfants à la foire.

— Oui, c'est vrai, répondit Kate avec fierté. Enfin, Nando surtout. Et on aurait pu avoir beaucoup plus de clients si on avait eu assez de temps !

— Hou, mais on dirait que tu as gagné *mucho* argent, dit Santa en se frottant les mains.

Kate sourit et renversa son sac. Les pièces tombèrent sur la table en verre.

— Tu t'en es très bien sortie ! s'exclama Lizzie tout en venant à la rescousse des pièces qui roulaient vers le bord de la table.

Kate se réjouit quand ils commencèrent à compter.

— En dollars, je pense que ça fait un peu moins de cinquante, annonça Rafael.

Santa acquiesça.

— Moi aussi.

— Je pensais que ça aurait fait beaucoup plus, dit Kate en affichant une moue.

Cinquante dollars, c'était bien loin du prix d'une selle. Lizzie lui pressa le bras.

— C'est génial. Ça couvrira les dépenses en nourriture de ce mois-ci pour Cohete.

Malgré les mots gentils de sa tante, Kate se sentit encore plus déçue. Elle avait été tellement obnubilée par ce que Lizzie avait dépensé pour acheter Cohete, qu'elle n'avait pas pensé aux coûts supplémentaires qu'entraînerait son entretien.

— Je crois que Nando a gagné un jour de repos demain, poursuivit Lizzie en versant un verre de jus de fruits à Kate. Est-ce qu'on ne verrait pas, du coup, comment Cohete se comporte avec un cavalier ?

— Tu es sérieuse ? demanda Kate, dont les pensées s'éclaircirent. Mais et ses plaies ?

— Elles cicatrisent toutes très bien, et il n'y en a pas au niveau de la selle, répondit Lizzie. Et je ne suis pas en train de dire que nous allons lui faire faire un cross ! Juste un peu d'exercice dans la carrière. Qu'en dis-tu, Rafael ?

Rafael se laissa aller en arrière dans sa chaise et abaissa son chapeau pour abriter ses yeux du soleil.

— Je pense qu'il est temps qu'on réutilise la carrière, fut tout ce qu'il répondit.

Le jour suivant, Kate s'affaira dans l'arrière-cour. Lizzie lui avait promis qu'elle lui donnerait un cours sur Cohete en rentrant du travail mais d'ici là, Kate avait du temps à tuer. Après avoir ramené Cohete du paddock pour lui donner sa ration matinale, la jeune fille décida de s'occuper de la grange qui était à l'abandon. Bien que les stalles soient restées immaculées, les fenêtres, elles, étaient toutes sales. Kate emprunta une échelle à Rafael et se mit à savonner les vitres avant de les faire briller à l'aide d'un vieux chiffon.

Pendant qu'elle vidait le seau d'eau sale dans la bouche d'égout, Luis jeta un coup d'œil dans la grange.

— Il y avait des mois que cet endroit n'avait pas vu la lumière du jour, observa-t-il.

— Ça fait du bien, non ? dit Kate en essuyant son front du bras.

— Papa et moi venons juste de finir de réparer les gouttières, l'informa Luis qui repliait l'échelle à sa place.

Kate mit un moment à comprendre qu'il parlait de Rafael.

Ils sortirent dans la cour, où Santa avait arraché toutes les mauvaises herbes qui poussaient entre les pavés. Elle commençait juste à les balayer pour en faire un tas.

— Je vais le faire, proposa Luis.

Il lui prit la grosse brosse des mains.

— Tu peux finir de planter tes géraniums.

— Je pense que nous avons tous besoin d'abord d'un bon verre de limonade, suggéra Santa.

Elle posa les mains sur ses hanches et observa la cour.

— Cet endroit commence à ressembler à ce qu'il était au...

Kate eut le sentiment profond que Santa était sur le point de dire, *au bon vieux temps*.

Rafael sortit de l'atelier de Luis.

— Je ne t'ai pas entendu parler de prendre un verre ?

— Cet homme, il choisit toujours de pointer le bout de son nez au moment des rafraîchissements, déclara Santa, feignant de ronchonner.

Kate sourit à leur taquinerie et alla chercher un bouchon dans la sellerie. Elle se dirigea ensuite vers le box de Cohete, ouvrit le verrou et entra.

— Salut, mon beau, le salua-t-elle. Comment tu vas, aujourd'hui ?

Cohete tendit le cou et frotta le bout de son nez contre l'épaule de Kate.

— Est-ce ta façon à toi de me dire bonjour ? demanda-t-elle, réjouie.

Petit à petit, Cohete prenait confiance et sortait de sa carapace. Kate passa doucement la brosse sur sa robe en lui chuchotant des mots doux. Après plusieurs jours de soins, le poney commençait à reprendre du poids, et sa robe avait l'éclat soyeux d'un pétale de rose blanche.

Kate alla chercher le bridon de Nando et la couverture qu'elle avait utilisée en guise de selle, la veille.

— Ah, te voilà !

Luis la rejoignit, deux verres de limonade dans les mains.

— Lizzie est rentrée. Elle a dit qu'elle te retrouvait à la carrière dans cinq minutes.

Kate, qui acceptait le verre, sentit le stress la gagner.

— Comment tu crois qu'il va s'en sortir ? demanda Luis, intrigué.

— Je n'en ai pas la moindre idée, avoua Kate. Je ne sais même pas s'il a été dressé.

— Oh, ce serait un bon moyen pour récolter des fonds, dit Luis, le sourire aux lèvres. Je paierais cher pour te voir faire du rodéo sur un cheval sauvage.

Kate feignit de lui donner un coup dans le bras.

— Premièrement, ce n'est pas un cheval sauvage et deuxièmement, il ne va pas faire de ruades.

Luis se baissa pour l'esquiver.

— C'est ce que tu espères !

Cohete, méfiant, s'ébroua longuement lorsque Kate le fit entrer dans la carrière.

— Je n'ai pas l'impression qu'il aime être ici.

Elle posa sa main sur l'encolure du poney. Ses muscles étaient tendus.

— Il doit certainement ressentir ton stress, dit Lizzie.

Kate jeta un coup d'œil à la lice[1] où Clara, Santa, Luis et Rafael s'étaient rassemblés pour la regarder.

1. Clôture entourant une carrière, un champ de course.

Lizzie avait raison. Elle était nerveuse d'avoir un public. *Ne pense pas à eux,* se dit-elle. *Concentre-toi sur Cohete.* Elle fit claquer sa langue et mena le poney au centre de la carrière, où se trouvait Lizzie.

Sa tante sourit.

— Ça va ?

Kate hocha la tête. Elle se posta près du flanc de Cohete et fléchit la jambe gauche pour que Lizzie puisse la hisser sur le dos du poney.

— Quand je te lève, je veux que tu te mettes à plat ventre sur Cohete, déclara Lizzie. S'il reste calme, alors tu pourras doucement passer ta jambe de l'autre côté et t'asseoir lentement. On saura d'après ses réactions s'il a l'habitude d'être monté.

Elle saisit la jambe de Kate et la hissa prudemment sur le dos du poney.

La jeune fille, qui était à présent étendue sur le ventre, sentait la chaleur que dégageait le corps du hongre à travers la couverture. Cohete déplaça son poids de l'autre coté, mais peu à peu, il se détendit sous les caresses de sa cavalière. Alors Kate fit doucement passer sa jambe au-dessus du dos du poney, puis s'assit. Cohete tourna prestement la tête, et Kate sourit quand il se mit à mordiller sa botte.

— Il est en train de me demander : « Qu'est-ce que tu fais perchée là ? »

Lizzie pouffa de rire.

— Il n'a pas du tout l'air embarrassé de te porter. Pourquoi n'essaierais-tu pas de lui faire faire un tour au pas ?

Kate pressa légèrement les jambes, mais comme Cohete ne réagissait pas, elle augmenta la pression. Le hongre fit un pas en avant, et Kate ne put s'empêcher de sourire en constatant que sa monture évoluait calmement dans la carrière.

— Tu es très intelligent, le loua-t-elle alors qu'elle se penchait en avant pour lui tapoter l'encolure.

Elle lui fit faire un quart de tour et changea de main par la diagonale.

— Je pense qu'on va s'arrêter là pour aujourd'hui, déclara Lizzie alors que Kate était sur le point de suggérer de faire trotter Cohete. C'est bien de ne pas trop lui en demander et de finir sur une note positive, comme ça il attendra avec impatience ses prochaines séances de dressage.

— T'as entendu ça ? demanda Kate à Cohete en mettant pied à terre. Il y a quelques jours à peine, je ne savais pas trotter correctement. Et voilà que maintenant, je dirige des séances de dressage !

Elle passa les rênes au-dessus de la tête du poney et le mena jusqu'à la lice.

— Il fera un bon poney de selle, observa Rafael. Il a une bonne conformation et une belle action.

Kate jeta un coup d'œil dans la direction de Clara.

— Il s'en est bien tiré, confirma sa cousine. Surtout quand on pense à tout ce qu'il a traversé.

— Tu veux l'essayer ? lui proposa Kate en lui tendant les rênes.

Si Clara était prête à mettre fin aux hostilités, elle ne rejetterait pas le drapeau blanc. *J'essaierai même d'oublier qu'elle a dit à tout le monde en ville que j'étais une voleuse.*

Clara fronça les sourcils.

— Non, répondit-elle abruptement.

Elle regarda sa montre.

— Je dois y aller. J'ai rendez-vous avec papa, cet après-midi.

— Amuse-toi bien ! lui cria Lizzie.

Kate se mordit la lèvre inférieure.

— Je ferais mieux de ramener Cohete dans son enclos.

— Tu t'en es vraiment bien sortie, la complimenta Lizzie sur un ton optimiste.

Cependant, lorsqu'elle se retourna pour regarder sa fille qui s'éloignait, son visage s'assombrit.

Chapitre IX

Le jour suivant, Luis et Rafael installèrent des échelles contre les murs extérieurs du ranch pour leur donner un coup de peinture blanche. Kate décida de nettoyer le bridon de Nando et s'installa sur la véranda pour leur tenir compagnie pendant qu'ils travaillaient.

Luis et Rafael chantaient en chœur par-dessus une chanson en espagnol qui passait à la radio.

— Vous devriez aller à X-Factor[1], les taquina Kate qui s'asseyait.

— X-Factor ? répéta Rafael, déconcerté.

Luis secoua la tête.

— Papa ne regarde même pas les chaînes hertziennes, alors oublie le câble !

1. Emission de télévision britannique qui pourrait évoquer *La Nouvelle Star,* en France. Le vainqueur remporte un prix et un contrat avec une maison de disques.

— Y a-t-il quelque chose d'étonnant à ça ? ronchonna Rafael tout en plongeant son pinceau dans un pot de peinture. À chaque fois que j'essaie de m'asseoir, ta grand-mère me donne quelque chose à faire.

Il secoua la tête.

— Il n'y a que Santa pour mettre des jardinières aux fenêtres et décréter ensuite qu'il faut repeindre la maison parce que les fleurs lui donnent l'air miteux !

Le téléphone de Kate vibra. Elle le sortit de sa poche et vit qu'elle avait reçu un message de Louisa.

Ne pouvais pas retenir Sarah Plowman plus longtemps. Elle a réservé sa place pour les vacances. Ne sera pas pareil qu'avec toi. Donne-moi ton adresse ; je t'enverrai une carte.

L'estomac de Kate se noua. Bien qu'elle apprécie les cours d'équitation que sa tante lui donnait sur Nando, ce n'était pas comparable à toute une semaine pendant laquelle elle aurait passé ses journées à faire de longues randonnées équestres. Elle ravala sa déception et renvoya l'adresse du ranch à Louisa en ajoutant, à la fin du texto : *Amuse-toi bien. Je penserai à toi.*

Elle s'empara de l'éponge, l'essora, puis la frotta sur le savon spécialement conçu pour l'entretien des cuirs. Alors qu'elle commençait à nettoyer les rênes, elle entendit un vrombissement lointain. Le bruit s'accentua, et Kate leva les yeux pour voir une moto qui remontait l'allée. L'engin s'arrêta devant le ranch en effectuant un dérapage, et le motard souleva sa visière.

— Salut, Kate ! Ça te dirait une balade à moto ?

Kate scruta le garçon de plus près.

— Sina ?

— Tu le connais ? demanda Luis, sur un ton que Kate trouva légèrement impoli.

— Bien sûr ! répondit-elle.

Elle n'allait pas avouer qu'elle n'avait rencontré Sina que deux fois seulement.

Rafael les regarda du haut de l'échelle.

— Elle n'a pas la permission d'aller sur les routes.

— Je n'avais pas l'intention de rouler sur les grands axes, *señor*.

Sina parlait avec respect, mais une lueur de malice dansait dans ses yeux.

— Je pensais que nous pourrions emprunter le sentier, derrière le ranch.

Il décrocha un casque qui pendait sur l'une des poignées et le tendit à Kate.

— Es-tu prête à t'amuser un peu ?

— Si je le suis ? répéta-t-elle.

Elle jeta l'éponge dans le seau d'eau. C'était la meilleure proposition qu'on lui ait faite depuis qu'elle était arrivée !

Alors qu'elle dévalait les marches, elle entendit Luis crier après elle.

— Quoi ? demanda-t-elle en prenant le casque des mains de Sina.

— Je ne pense pas...

Ses paroles furent englouties par le bruit du moteur que Sina faisait vrombir.

— Quoi ? répéta Kate alors qu'elle enfilait le casque.

Sina fit à nouveau vrombir le moteur de sa moto et fit signe à Kate de monter.

— On se parlera quand je serai rentrée, cria-t-elle d'une voix étouffée tout en enjambant le siège.

Dès qu'elle glissa ses bras autour de la taille du garçon, il actionna la poignée de l'accélérateur, et la moto fila comme l'éclair.

Kate fut projetée vers l'avant et son casque cogna celui de Sina.

— Par où je vais ? cria-t-il par-dessus son épaule. Comment je rejoins le sentier derrière la maison ?

Il n'avait pas l'intention d'aller sur le sentier avant que Rafael ne lui dise que je ne pouvais pas aller sur la route, réalisa Kate. Son ventre fit un bond, partagé entre l'excitation et l'appréhension.

— Par là, dit-elle en pointant du doigt le chemin qui menait à l'arrière-cour.

Derrière les écuries, la piste s'élargissait et, comme ils traversaient la rase campagne, Sina accéléra. Un frisson d'euphorie parcourut Kate quand la moto vrombit pour continuer sa course sur le chemin de terre rouge qui serpentait à travers la chaîne de montagnes escarpées. Soudain la piste se rétrécit, les contraignant à franchir un col si étroit que Kate aurait pu tendre les bras et effleurer du bout des mains les parois des rochers qui les entouraient, si elle avait eu le courage de lâcher Sina. Le soleil tachetait le sol de points dorés à l'endroit où le chemin s'élargissait de nouveau et s'ouvrait sur une pente raide. Sina suivait les mouvements de la moto qui penchait dans chaque virage, et Kate l'imita alors que l'engin rasait le sol.

Lorsqu'ils franchirent le virage suivant, deux marcheurs se retournèrent brusquement vers eux, l'air affolé.

— Ralentis ! cria Kate.

Mais Sina rit et dépassa le couple à toute allure, les roues de la moto projetant sur leur passage un petit jet de pierres.

— Accroche-toi, ordonna Sina qui, tout à coup, quitta la route principale.

L'estomac de Kate se souleva, et la moto dévala un talus, ses roues glissant sur la végétation clairsemée. Kate retint un cri quand Sina se mit à serpenter de façon experte le long de la pente abrupte. Il zigzagua entre les cactus et éclata de rire en entendant sa passagère hurler.

— Si je ressemble à une pelote à épingles quand je rentre, je me servirai des épines pour crever tes pneus ! cria-t-elle, à bout de souffle.

Le chemin réapparut juste en dessous d'eux, et Sina actionna la poignée de l'accélérateur. Kate retint sa respiration, et la moto s'éleva dans les airs avant d'atterrir sur la route principale. *Il est fou !*

Le moteur vrombit et ils reprirent la direction du ranch qui gisait paisiblement au loin, le soleil flamboyant sur les tuiles rouges de la maison et les bâtiments en briques et en bois de la cour.

Une pointe de regret traversa Kate quand elle réalisa que la balade touchait déjà à sa fin. Sina rejoignit la voie unique qui partait du ranch et fonça avant de s'arrêter en dérapant dans l'arrière-cour. Kate descendit de moto pendant que le garçon poussait l'engin sur sa béquille. Il retira son casque et la regarda, ses yeux noirs illuminés par la balade. Il tendit le bras et leva la visière de Kate. Son visage prit soudain une expression sérieuse, il pencha la tête et s'approcha d'elle.

— Hé, recule ! s'écria Kate en s'écartant vivement.

— J'allais juste reprendre mon casque, dit Sina sur un ton amusé. À moins que tu n'essayes de voler ça, aussi ?

— Oh, tu sais, tes allusions aux voleurs commencent vraiment à être lourdes, répliqua Kate en s'efforçant de dissimuler sa gêne.

Cependant, lorsqu'elle rendit son casque au garçon, elle réalisa que même s'il ne comptait pas l'embrasser, Sina avait voulu lui faire croire le contraire. Elle décida néanmoins de ne pas s'énerver.

— C'était sympa comme balade.

Elle balaya des yeux la motocyclette.

— J'imagine que tu ne pouvais pas pousser plus ce petit moteur.

Au lieu d'être vexé, Sina renversa la tête en arrière et rit.

— C'est surprenant de voir à quel point ton poids l'a freiné.

Il remonta sur la moto et releva la béquille d'un coup de pied.

— Tu vas devoir faire attention à ne pas manger trop d'empenadas[1] pendant que tu es là.

Il fit vrombir son moteur.

— On se voit lundi, *señorita* Kate !

— Lundi ? répéta Kate en essayant de ne pas sourire à son audace.

— Tu nous rejoins, des amis et moi, au bar à jus de fruits, en ville, lui expliqua-t-il. À sept heures.

Sans attendre sa réponse, il démarra et quitta la cour.

Si je n'y vais pas, ça lui apprendra à être si sûr de lui. Kate aurait aimé se sentir outrée, mais n'y parvenait absolument pas. Son ventre fit un bond quand elle repensa à quel point Sina avait bien failli l'embrasser. *Ce n'est pas que j'aurais voulu qu'il le fasse,* se rassura-t-elle.

Alors que le bruit du moteur s'évanouissait dans le lointain, Kate se souvint du bridon qu'elle avait

1. Petit chausson farci.

laissé sur la véranda. Elle se dépêcha de regagner la maison et constata que Luis et Rafael avaient repeint près d'un quart du premier mur.

— Comment s'est passée la balade ? lui demanda Rafael.

— Génial ! s'exclama Kate d'une voix aiguë et enthousiaste. J'ai l'impression qu'il y a de quoi faire pour de chouettes balades à cheval derrière le ranch.

— Parce que tu as réussi à voir la route ? ironisa Luis en se retournant vers elle. J'aurais cru que tout allait être trop flou.

— Il n'allait pas si vite, répliqua Kate.

— Tu n'aurais pas dû y aller.

Kate cligna des yeux, incrédule. Elle n'avait jamais entendu Luis parler avec autant de sérieux.

— Sa moto n'était pas fiable, continua-t-il. Ses pneus étaient lisses et le pot d'échappement crachait de la fumée bleue. Ses pistons sont probablement en train de lâcher.

Kate croisa les bras.

— Je ne pense pas que tu aurais aimé que je parte avec lui, même si sa moto était en parfait état.

Luis ne nia pas.

— Il ne fait qu'attirer les ennuis, grinça-t-il à voix basse.

Kate sentit soudain la colère bouillonner en elle. Pourquoi Luis était-il en train de gâcher le seul et unique moment où elle s'était amusée depuis son arrivée en Argentine ?

— T'es juste énervé parce que, toi, tu n'as pas de moto, lui fit-elle remarquer. Tu peux seulement avoir l'impression d'en posséder une quand tu répares celle des autres !

Luis soutint son regard tout en parlant :

— Papa, j'aimerais bien faire une pause là, si ça ne t'embête pas ?

— Vas-y, compatit Rafael. Prends ton temps.

Étonnée, Kate regarda dans la direction de Rafael. Elle avait oublié, l'espace d'un instant, qu'il était là. Soudain, elle eut honte des dures paroles qu'elle avait eues envers Luis. Elle se tourna dans l'intention de s'excuser, mais il était déjà loin.

Elle poussa un soupir et, d'un pas nonchalant, se dirigea vers le paddock pour regarder les poneys qui paissaient. *J'ai bien le droit de me faire des amis pendant que je suis ici, non ?* pensa-t-elle, révoltée. *Je ne laisserai personne m'empêcher de fréquenter Sina.* Elle tapota du bout des doigts la barrière du haut. *Pas même Luis.*

En fin de journée, Kate alla chercher un licol pour pouvoir mener Cohete dans la cour et lui donner sa ration du soir. Elle sourit en voyant que le hongre l'attendait au bord de la clôture, les oreilles dressées. Quand elle s'approcha un peu plus, il hennit faiblement.

— J'aimerais m'attribuer tout le mérite de ton accueil chaleureux, mais je soupçonne que l'heure du repas a quelque chose à voir là-dedans, sourit-elle.

Cohete attendit patiemment que Kate escalade la barrière et lui passe le licol au-dessus du chanfrein. Dès que la longe fut fixée, le poney hocha la tête.

Kate s'en alla soulever le loquet de la clôture, mais s'arrêta en chemin comme elle vit une voiture gris métallisé se garer devant la maison. Un homme, vêtu d'un pantalon en coton beige et d'une chemise bleue, en sortit, suivi de deux petites filles. En apercevant Kate, elles lui firent signe de la main et coururent la rejoindre.

— Bonsoir, dirent-elles en chœur.

Kate se souvenait parfaitement de ces deux sœurs jumelles qui avaient fait trois tours de poney chacune à la foire. Elles parlaient bien anglais, et Kate leur avait raconté qu'elle passait l'été ici.

— Bonsoir, répondit-elle avant d'essayer en espagnol. *Buenas noches.* Comment avez-vous su où me trouver ?

— Nous nous sommes renseignés, répondit leur père. Il n'y a pas beaucoup d'Anglaises aux cheveux blonds qui viennent d'arriver en ville.

Il lui tendit la main pour lui serrer la sienne.

— Eduardo, se présenta-t-il. Et voici Maria et Ana.

— Nous avons apporté des carottes pour Nando.

Ana tenait un sac à la main. Elle plongea le bras dedans et en sortit un légume.

Kate jeta un coup d'œil au fond du pré, où Nando était en train de brouter. Elle n'était pas sûre qu'il réponde à ses appels si elle lui demandait de venir.

— Et pourquoi est-ce que vous ne les donneriez pas à Cohete ? suggéra-t-elle, comme le hongre gris tendait le cou pour fouiller dans le sac.

— Mets ta main bien à plat, Ana, lui conseilla son père, et laisse Maria se servir pour qu'elle puisse donner à manger à Cohete, elle aussi.

Pendant que les petites filles nourrissaient le poney, Eduardo se tourna vers Kate.

— Nous sommes à la recherche de cours d'équitation, annonça-t-il. Elles n'arrêtent pas de dire qu'elles ont envie d'apprendre à monter à cheval depuis l'autre jour, à la foire. Nous espérions que vous donniez des cours.

Kate secoua la tête.

— Je suis désolée, mais non.

Les visages des fillettes se décomposèrent sous la déception.

— Il n'y a pas d'autres centres équestres dans le coin, expliqua Eduardo alors qu'Ana se tournait vers lui et enfonçait la tête dans sa chemise. Ce qui est pour le moins surprenant, quand on pense à l'argent qu'il y a à gagner.

— Pas tant que ça, si vous comptez combien coûte l'entretien des chevaux, dit Kate du bout des lèvres, les idées ayant déjà commencé à fuser dans sa tête.

— Je suis désolé de vous avoir retenue, s'excusa Eduardo. Allez, les filles, il faut y aller maintenant.

— Attendez, lâcha Kate, le cœur battant la chamade. Je ne donne pas de cours, mais ma tante, Lizzie Batistuta, en donne elle. Je suis sûre que ça lui ferait plaisir de s'occuper d'Ana et Maria.

Ana se retourna vivement, ses boucles brunes rebondissant, et son regard enchanté alla de Kate à son père.

— Vous venez de faire la joie de deux petites filles, dit Eduardo à Kate, et au plus grand soulagement de leur père !

— Ça vous irait samedi, à dix heures ? proposa Kate.

Eduardo acquiesça de la tête. Il prit les filles par la main et demanda :

— Combien prenez-vous pour un cours ?

— Ma tante réglera ça avec vous, répondit Kate.

Elle leur fit au revoir de la main, puis mena Cohete dans l'arrière-cour. Ses doigts tremblaient d'excitation quand elle détacha le licol pour laisser le poney manger. Le moral au plus haut, elle courut jusqu'au ranch et se précipita dans la cuisine. Comme personne ne se trouvait là, Kate traversa l'entrée et regarda dans le salon. Lizzie était étendue sur le canapé, un bras posé sur les yeux.

— J'ai une super nouvelle ! s'exclama Kate en s'asseyant sur le bord de la table basse.

Lizzie se redressa lentement.

— Un homme, qui cherche des cours d'équitation pour ses deux petites filles, vient juste de passer. Elles ont monté Nando à la foire et veulent apprendre à faire du cheval correctement !

Lizzie cligna des yeux, fatiguée.

— Il n'y a pas de centre équestre dans le coin, répondit-elle.

— Je sais, reprit Kate, la voix tremblante. Mais je lui ai dit que tu leur donnerais des cours.

Lizzie fronça les sourcils.

— Tu as dit quoi ?

— Tu es tellement formidable quand tu m'apprends à monter, s'empressa Kate de poursuivre. Et je sais que tu es un peu à court d'argent en ce moment ; les cours d'équitation rapporteront beaucoup plus que les tours de poney à la foire !

Lizzie se pencha en avant et plaqua les mains sur son visage.

— Tu ne réfléchis jamais à deux fois avant de parler, n'est-ce pas, Kate ?

L'excitation de la jeune fille retomba.

— Oui, c'est vrai que je suis qualifiée pour donner des cours, mais cela ne t'a pas traversé l'esprit que si c'était aussi simple de gagner de l'argent, je l'aurais déjà fait ?

Lizzie leva les yeux.

— Il y a un million de raisons pour lesquelles s'établir en tant que centre équestre est compliqué, économiquement certes, mais surtout parce que je n'ai pas de poneys !

— Mais il y a Nando et Cohete...

La voix de Kate s'évanouit comme les yeux de Lizzie luisaient de frustration.

— Nando est à la retraite. C'est une chose de le laisser aller l'amble dans le paddock, mais c'en est une autre de le remettre au travail. Et Cohete n'est pas une source fiable. Comment puis-je savoir si on peut lui faire confiance avec un enfant ? Et quand bien même on pourrait se servir des poneys, je n'ai pas de selle ! Tu n'auras qu'à rappeler cet homme et annuler.

Kate se mordit la lèvre. Elle leva les yeux et aperçut Clara qui hésitait sur le pas de la porte. *Oh, parfait, voilà un auditoire hostile, maintenant.*

— Je n'ai pas son numéro, avoua-t-elle. Ils viennent samedi à dix heures.

— Il ne me manquait plus que ça, soupira Lizzie en passant les doigts dans ses cheveux. Est-ce que tu ne pourrais pas, pour une fois dans ta vie, arrêter de te mêler des affaires des autres, Kate ?

Chapitre X

Kate se jeta sur son lit et enfouit la tête dans son oreiller. Les cours d'équitation lui avaient semblé être une idée de génie sur le moment. *Comment ai-je pu oublier que nous n'avions pas de selle ?*

Elle maugréa à voix haute :

— Idiote ! Idiote ! Idiote !

— Kate ?

Clara frappa à la porte de sa chambre.

— Je peux entrer ?

Kate s'assit et secoua ses cheveux en arrière.

— Oui, oui.

Si elle vient pour jubiler, je ne pourrais peut-être pas m'empêcher de la forcer à manger ma couette.

Clara s'assit sur le bord du lit.

— Maman est très fatiguée. Ce n'était pas dans son intention de t'envoyer balader comme ça.

Kate haussa les épaules. Elle aurait bien aimé pouvoir se servir de la même excuse quand elle faisait des bêtises. Ça marchait tellement bien pour les adultes. *Je suis désolée de m'être fait prendre en train de voler une barre chocolatée, j'étais fatiguée... Je suis désolée d'avoir organisé un cours d'équitation sans t'en avoir parlé avant, c'est juste que j'étais très fatiguée...*

— Kate ?

Clara la regardait d'un air interrogateur.

Kate cligna des yeux.

— Oui, je comprends. Pas de problème.

Elle haussa les épaules.

— J'aurais dû y penser à deux fois. C'était vraiment stupide comme idée.

— Pas forcément.

Clara se tortilla en arrière pour s'adosser contre le mur.

— Tu as raison, maman est un professeur formidable, et travailler avec les chevaux est la seule chose qu'elle aime réellement faire. Ça la fatigue tellement de bosser dans l'administration.

Elle baissa les yeux et tira doucement sur un pli dans la couette.

— Depuis que tu es arrivée et qu'elle s'est remise à s'intéresser aux chevaux, elle est beaucoup plus heureuse. J'ai l'impression de retrouver ma mère d'avant. J'imagine que j'ai eu tort d'avoir essayé de lui faire oublier la vie de ranch.

Clara serra ses jambes entre ses bras.

— Je croyais que ce serait plus facile pour elle de vendre le ranch si elle rompait tout lien avec l'équitation.

Elle jeta un coup d'œil à Kate.

— Et puis tu as débarqué et bouleversé tous mes plans !

— Oh, c'est tout moi, ça, dit Kate sans plaisanter.

— J'avais peur que ça se passe comme ça, après qu'on m'ait raconté que tu avais été renvoyée de l'école pour avoir volé, avoua Clara. Je pensais que tu allais être une vraie plaie, et c'était bien la dernière chose dont maman avait besoin. Mais peut-être que tu devrais continuer à bouleverser les choses, dit Clara, pensive, si ça rend maman heureuse.

— Hé ho ? répliqua Kate, les yeux plongés dans ceux de sa cousine. Cette femme, que j'ai vue en bas, n'avait rien d'une personne heureuse.

Clara secoua ses cheveux en arrière.

— Écoute, je ne suis pas stupide. Le ranch va finir par être vendu, et nous ne pourrons pas garder les poneys, mais il n'y a aucune raison pour que maman soit malheureuse en attendant, tu ne crois pas ?

— Euh, non, répondit Kate. Mais elle a tout de même dit qu'elle ne pourrait, en aucun cas, donner un cours à Ana et Maria.

— C'est juste qu'elle ne pense pas à ce qu'on peut faire en dehors du box, dit Clara sur un ton impatient.

Nous avons jusqu'à samedi pour nous assurer que Cohete peut effectuer les transitions de base à chaque main dans la carrière. C'est tout ce qu'il a besoin de savoir faire pour donner des cours à des débutants.

— Nous n'avons toujours pas de selle, fit remarquer Kate.

Clara jeta ses jambes au bas du lit et se leva.

— Et si nous nous attaquions à un problème à la fois ? Tu t'appliques à faire en sorte que Cohete soit prêt samedi et tu me laisses m'occuper du reste.

— Maman ?

Dès qu'elle entendit la voix de sa mère, Kate fit glisser les pièces dans la fente du téléphone.

— C'est moi.

Comme elle n'avait plus de crédit sur son téléphone portable, elle s'était rendue en ville très tôt, le jour suivant, pour appeler ses parents.

— Je commençais à renoncer à avoir de tes nouvelles !

Sa mère semblait ravie de lui parler. Les doigts de Kate, qui se sentait mal de n'avoir envoyé que deux e-mails à ses parents depuis son départ, allaient et venaient le long du fil du téléphone.

— Comment ça va, tous les deux ?

— Bien, répondit sa mère. Nous avons trouvé un appartement dans une résidence sécurisée, pas très loin du travail de ton père. Il fait très chaud ici, mais on a la clim et une piscine. Et toi, comment ça va ?

— Il fait plutôt chaud, ici aussi, pour le mois d'août en Argentine, dit Kate. Sauf qu'il n'y a pas ni la clim ni la piscine !

— Mais le ranch en est équipé, pourtant.

Sa mère avait l'air confus.

Kate hésita. Sa tante n'avait apparemment pas mentionné à quel point elle était à court d'argent. *Elle ne veut peut-être pas que ça se sache.*

— Oh, tu sais, les problèmes de maintenance, dit-elle en essayant de paraître naturelle. Euh, maman... est-ce que vous avez envoyé de l'argent à Lizzie pour ma nourriture et les autres trucs dont j'ai besoin ?

— Bien sûr que non, répondit Mme Sommers, surprise. Lizzie est ta tante. Elle ne voudrait pas entendre parler de ça. Pourquoi ? Elle a dit quelque chose ?

— Non, non, se hâta de répondre Kate. Je me demandais, c'est tout.

— Est-ce que tu t'es bien installée ? demanda sa mère après un bref silence. Ça doit être sympa de vivre avec quelqu'un de ton âge.

Pendant une fraction de seconde, Kate se demanda de qui elle parlait avant de comprendre qu'il s'agissait de Clara. *L'incroyable cousine invisible.*

— J'imagine, répondit-elle. On fait des petits travaux sur le ranch en ce moment, et c'est plutôt amusant.

Elle réalisa alors qu'elle pensait ce qu'elle disait. Sa propre maison était si impeccable qu'elle n'avait jamais l'occasion de mettre la main à la patte.

— Pour aider à le rendre plus vendable, devina sa mère. Il est sur le marché depuis l'année dernière.

Kate cligna des yeux. Elle n'avait pas pensé que les travaux qu'ils effectuaient profiteraient à la vente du ranch. Son objectif à elle était tout autre : le remettre sur pied pour qu'il puisse de nouveau fonctionner et lui éviter de tomber en ruine.

— Mais bon, même s'il finit par se vendre, ça ne t'affectera pas, continua sa mère. Ces choses prennent du temps, et tu seras de retour à la maison avant que la vente ne soit achevée.

Pour la première fois depuis qu'elle était là, Kate ne se réjouit pas à l'idée de rentrer chez elle. *Que deviendra Cohete quand je partirai ? Est-ce que Clara se remettra à essayer de persuader Lizzie de vendre les poneys quand je serai partie ?*

— Kate, tu es toujours là ? demanda sa mère.

— Oui, oui, répondit-elle. Je vais devoir raccrocher, je n'ai presque plus d'argent. Je te rappelle très vite. Embrasse papa de ma part.

— Je le ferai sans faute, et toi, embrasse Lizzie et Clara pour moi, répondit-elle.

Kate raccrocha. Elle jeta un coup d'œil à sa montre pour voir si elle avait le temps de consulter ses e-mails, mais décida que non. Elle tenait à commencer à peindre la clôture du paddock au plus vite. *En plus, je ne suis pas sûre d'avoir envie de connaître dans tous les détails les projets qu'ont faits Louisa et Sarah pour leurs vacances.*

Elle prit la direction du ranch, ne pouvant s'empêcher de laisser la jalousie s'immiscer en elle. *Et si Louisa et Sarah s'entendaient à merveille ? Et avec moi qui vais dans une autre école à la rentrée, il y aura une place de libre pour une nouvelle meilleure amie, qui ne demandera qu'à être occupée.* Kate secoua la tête. Elle devenait ridicule. Bon, oui, Louisa et elle ne fréquenteraient plus la même école, mais cela ne voulait pas dire qu'elles ne traîneraient plus ensemble les soirs et les week-ends.

Lorsqu'elle arriva au ranch, Kate fut étonnée de voir Rafael et Luis qui examinaient le portail électrique.

— Vous allez le réparer ? demanda-t-elle.

Luis leva les yeux.

— On va essayer, répondit-il, plus froid qu'un souffle d'air climatisé.

Kate grimaça en se rappelant ce qu'elle lui avait dit la veille.

— Même si nous n'arrivons pas à le refaire fonctionner, nous pouvons toujours le poncer et lui donner un coup de peinture fraîche, ajouta Rafael.

Kate inspira profondément, lorsque Luis reporta son attention sur le panneau électronique.

— Je m'excuse pour hier, lâcha-t-elle d'un souffle.

Luis la regarda par-dessus son épaule.

— Ça ne me dérange pas que tu ouvres ta grande bouche, dit-il avec dédain. Ce qui me dérange, c'est que tu remontes sur cette moto.

Il soutint son regard.

Kate ne voulait pas se disputer avec Luis, mais elle n'allait tout de même pas lui promettre qu'elle ne referait pas un tour avec Sina.

— Je ferais mieux de rentrer à la maison, dit-elle pour éluder le problème. Il y a un pot de peinture qui m'attend.

Alors qu'elle remontait l'allée à vélo, elle croisa Clara qui pédalait en sens inverse.

— Je ne peux pas m'arrêter, je suis en retard, cria-t-elle en la dépassant.

Kate alla déposer son vélo dans l'écurie puis chercher un pot de peinture, irritée malgré elle. *On se donne tous un mal de chien pour remettre le ranch en état. Ça ne tuerait pas Clara de prendre un pinceau et de se joindre à nous au lieu de passer tout son temps au cours de théâtre.*

Kate passa les heures qui suivirent à peindre les barreaux de la clôture. Cohete s'approcha pour lui dire bonjour, mais la jeune fille lui fit signe de la main de s'éloigner, ne voulant surtout pas que le hongre rencontre par mégarde la peinture blanche.

— Tu es tellement curieux, glousa-t-elle, comme Cohete se tenait à quelques pas de là et observait les mouvements du pinceau.

La tâche qu'effectuait Kate prenait étonnamment beaucoup de temps, et quand elle se rendit compte qu'il était temps qu'elle aille se préparer pour son cours d'équitation, elle constata avec regret qu'elle n'avait peint que trois tronçons de la clôture.

Alors qu'elle reposait le couvercle sur le pot de peinture, elle entendit une sonnette tinter. Elle regarda en contrebas de l'allée et vit Clara qui roulait vers elle. Sa cousine leva la main et lui fit signe.

— Regarde ce que j'ai, chantonna-t-elle.

Une selle était posée en équilibre sur le guidon du vélo. Clara s'arrêta devant Kate.

— Qu'est-ce que tu en penses ?

— Tu l'as trouvée où ? demanda Kate, le souffle coupé.

Elle avait très envie de passer la main sur le cuir luisant, mais n'osa pas, de peur de mettre de la peinture dessus.

— Un ami, répondit Clara, évasive. Je la lui ai empruntée le temps qu'on économise assez pour en racheter une autre. Allez, va te débarbouiller et viens l'essayer sur Cohete.

Kate courut jusqu'à la maison et enfila son pantalon d'équitation. Elle s'empressa de ressortir et vit que sa cousine avait déjà bridé Cohete, qui attendait devant la carrière.

— Tiens, dit Clara en tendant la selle à Kate.

Kate fit glisser doucement la selle sur Cohete, puis attacha la sangle. Clara se tenait derrière le poney, les yeux plissés.

— Un filet de lumière bien distinct passe sous la selle, et elle tombe exactement au même endroit de chaque côté. On dirait qu'elle va lui aller.

— C'est une chance, soupira Kate, soulagée.

Clara leva les yeux sur elle.

— Je sais évaluer la taille des poneys, commenta-t-elle.

Kate s'empara des rênes de Cohete et le fit entrer dans la carrière. Elle abaissa les étriers en fer et tapota son encolure. Elle chaussa alors les étriers, et les oreilles du hongre se couchèrent légèrement en arrière. Lorsqu'elle prit ensuite place sur la selle, Cohete fit un brusque pas en avant.

— Ho !

Kate agrippa la crinière du poney pour ne pas tomber.

— Essaie de garder ta rêne intérieure un peu plus courte quand tu montes, lui suggéra Clara. Comme ça, s'il essaie d'avancer, tout ce qu'il peut faire c'est tourner sur lui-même.

— Merci, haleta Kate.

Elle rassembla les rênes et conduisit Cohete le long des clôtures. Le cuir de la selle était souple et bien fait, et comme Kate se sentit très vite à son aise, elle demanda à Cohete de trotter. Le hongre saisit le mors et allongea sa foulée. La cavalière s'appliqua à monter et descendre, mais lorsqu'ils tournèrent à l'angle de la carrière, Cohete fut déséquilibré. Kate pressa les jambes contre les flancs du poney et le maintint fermement de ses mains. Lorsqu'elle sentit qu'il ralentissait et ramenait ses postérieurs sous lui, elle le fit accélérer de nouveau.

— C'est bien, mon beau, murmura-t-elle comme Cohete avait répondu à son appel en s'élançant à une cadence régulière.

— Où as-tu appris à faire ça ? demanda Lizzie qui avait rejoint Clara au bord de la carrière.

Kate trotta jusqu'au portail.

— Où j'ai appris à faire quoi ?

Elle demanda au hongre de s'arrêter, espérant qu'elle n'avait rien fait de mal.

— Tu viens d'effectuer un demi-arrêt, lui répondit sa tante. Mais je ne t'ai jamais appris faire ça.

Kate tapota l'encolure de Cohete.

— Ça m'a juste semblé la meilleure chose à faire sur le moment.

Lizzie échangea un bref regard avec Clara.

— Et si on essayait de galoper, maintenant ?

L'excitation gagna Kate.

— D'accord ! dit-elle, tout sourire.

— Fais-le trotter sur la longueur de la carrière et, quand tu arrives à l'angle, assieds-toi profondément dans la selle, lui expliqua Lizzie. Laisse ta jambe intérieure à la sangle et recule un peu l'extérieure. Maintiens ta rêne intérieure, mais fais attention de ne pas lâcher la pression avec ta main extérieure.

D'un battement de paupières, Kate acquiesça aux instructions complexes, puis raccourcit les rênes et éloigna Cohete du portail. Le hongre tenta d'abord de faire demi-tour, mais Kate pressa ses jambes autour de lui et garda une pression constante sur sa rêne extérieure.

— Joli, s'exclama Lizzie quand Cohete se mit à trotter.

Lorsqu'ils approchèrent de l'angle, Kate s'assit plus profondément dans la selle et raccourcit les rênes. Les oreilles du poney se plaquèrent en arrière et son allure se fit plus rapide. Kate rebondissait inconfortablement contre la selle.

— Allez, Cohete, le pressa-t-elle en serrant les jambes plus fort.

Cohete, d'un bond, se mit soudain à galoper ; Kate retint sa respiration. Comme le hongre la faisait filer dans la carrière, un sentiment de joie intense l'envahit. Les sabots de Cohete tapaient mélodieusement le sable, et Kate aurait pu continuer encore et encore.

Mais, lorsqu'ils se rapprochèrent du portail, le poney dévia de sa course et se dirigea vers Lizzie et Clara.

Le pied de Kate glissa de l'étrier, et sa tante se précipita pour l'empêcher de tomber.

— Je pense que Cohete en a eu assez pour aujourd'hui.

— J'aurais pu continuer pendant des heures ! s'écria Kate, essoufflée. C'était sensationnel.

Elle se pencha en avant et enlaça le poney.

— Tu es formidable, lui murmura-t-elle.

Elle sortit son autre pied de l'étrier, se laissa glisser à terre et regarda sa tante.

— Il a fait du joli travail, non ?

Lizzie rit.

— Pourquoi est-ce que j'ai l'impression que cette question est tendancieuse ? Elle tapota l'encolure de Cohete : Oui, admit-elle, il a effectivement fait du joli travail. Tous les deux, d'ailleurs. Et oui, d'accord, je donnerai un cours aux filles samedi. Elles pourront monter Cohete une fois chacune. Mais juste une fois !

Kate échangea un regard triomphant avec Clara.

— Comme tu voudras, Lizzie !

Le samedi matin, Kate prit quelques fruits dans la cuisine, puis alla chercher Cohete. Le licol était suspendu au portemanteau dans l'entrée, là où elle l'avait laissé la veille au soir. Kate le décrocha et ouvrit la porte. Elle tourna les yeux vers le paddock, dans lequel les deux poneys broutaient côte à côte dans la fraîcheur matinale.

— Cohete ! appela Kate tout en se dirigeant vers le portail.

Nando et Cohete levèrent tous les deux la tête et la regardèrent. Kate rit. Le hongre gris lui lançait un regard qui disait : *Il est trop tôt, reviens dans une heure.* La jeune fille fit claquer sa langue, et maintint le portail ouvert vers lequel Cohete se dirigea d'un pas lent. Elle lui enfila ensuite le licol, puis le mena dans la cour. Pendant que l'animal prenait son premier repas de la journée, Kate rassembla tout le matériel de toilettage dont elle avait besoin. Quand elle revint chargée d'un seau, d'une éponge et de shampooing, elle fut surprise de voir Clara qui observait Cohete par-dessus la porte du box.

— Je me disais que je pourrais t'aider à le préparer, déclara sa cousine.

Elle alla à la rencontre de Kate et ramassa le seau.

— Je vais chercher de l'eau chaude.

Kate n'allait pas l'en empêcher. Elle ne savait pas très bien ce qu'avait Clara en tête – peut-être souhaitait-elle franchement que sa mère aille mieux le temps que le ranch soit vendu – mais elle préférait de loin cette version de sa cousine à celle qui se sentait obligée de quitter une pièce dès que Kate y entrait. Et Clara n'était pas seulement en train de devenir une bonne amie ; sa connaissance des chevaux comblait les lacunes de Kate et lui laissait croire que leur projet de cours d'équitation avait des chances de réussir.

Quand Cohete eut fini sa ration, Kate l'attacha dans la cour, et les filles se mirent au travail.

— Je n'arrive pas à croire qu'il ait autant changé en un peu plus d'une semaine, commenta Kate qui passait un couteau de chaleur sur le hongre.

Clara acquiesça.

— Sa queue commence à épaissir aussi, maintenant qu'il ne se gratte plus. Avec quelques kilos en plus, il aura vraiment fière allure.

Les filles nettoyèrent ensuite le harnachement du poney en attendant que sa robe finisse de sécher.

— Tu te rappelles de la dernière fois où nous avons fait ça ensemble ? demanda Kate, se remémorant son séjour au ranch, quatre ans auparavant.

Les lèvres de Clara se fendirent en un sourire.

— Tu es allée chercher du produit vaisselle à la maison et tu en as versé sur la selle de Jet.

Kate se souvenait à quel point elle avait eu honte quand elle avait découvert qu'on ne lavait pas l'équipement des chevaux de la même façon que la vaisselle.

— Qu'est devenu Jet ? demanda-t-elle tout en graissant les rênes.

— J'étais devenue trop grande pour lui, répondit Clara. Papa l'a vendu en me promettant de racheter un cheval à ma taille mais après, lui et maman se sont séparés...

Sa petite voix s'éteignit. Kate n'insista pas. Elle changea de sujet et lui demanda :

— Alors, comment tu penses que le cours va se passer aujourd'hui ?

Clara se mit à remonter le bridon.

— Si on n'essaie pas, on ne le saura jamais !

Lorsqu'elles eurent fini de panser Cohete, sa robe scintillait comme un manteau de neige fraîche. Ses yeux noirs brillaient comme s'il savait à quel point il était beau, et Kate ne put s'empêcher de déposer un baiser sur le bout de son nez avant de s'emparer des rênes.

— Je vous rejoins dans une minute, dit Clara. Je voudrais juste ranger un peu ici, avant.

— À tout de suite, répondit Kate.

Elle mena Cohete à la carrière où Lizzie attendait.

— Ouah ! Mais d'où sort ce poney de concours ? sourit Lizzie, admirative.

— Il a fière allure, hein ? reconnut Kate.

Elle caressa Cohete.

— Tu vas être parfait, je le sais.

Cohete approcha son nez de la poche de Kate.

— Les friandises, c'est pour après ! lui promit-elle.

Lizzie regarda au-delà de Kate.

— Je pense que mes clients sont arrivés, dit-elle à voix basse.

Kate jeta un coup d'œil en direction du portail et vit Ana et Maria qui lui faisaient signe. Elles étaient toutes les deux vêtues de pantalons d'équitation flambant neufs, d'une bombe et de bottes d'un marron brillant.

Lizzie alla à leur rencontre et discuta quelques instants avec Eduardo avant de revenir dans la carrière en compagnie d'Ana.

— Nous sommes tombés d'accord pour que les filles ne montent qu'une demi-heure chacune, puisque c'est leur tout premier cours d'équitation, rapporta-t-elle à Kate.

Kate tint Cohete pendant que sa tante aidait Ana à monter en selle.

— Bien, dit Lizzie, le sourire aux lèvres. Kate m'a dit que tu avais déjà monté Nando trois fois et que tu t'en étais très bien sortie. Je pense donc que tu es prête à commencer directement par les mouvements de voltige. Qu'est-ce que tu en dis ?

Ana ouvrit grand les yeux et hocha la tête avec enthousiasme.

Lizzie aida Ana à faire passer sa jambe par-dessus l'encolure de Cohete afin qu'elle se trouve assise de côté. Puis elle leva la jambe de la fillette au-dessus de la croupe de Cohete, et Ana se retrouva face à la queue du poney.

— Tu as un bon équilibre, constata Lizzie. Je parie que tu peux faire les deux tours suivants toute seule.

Prudemment, Ana tourna et parvint à se retrouver dans le même sens que le poney. Pendant que Lizzie lui faisait faire des exercices d'étirement, Kate se remémora son premier cours d'équitation, des années auparavant. Elle commençait juste à comprendre quel était le but de ces « mouvements de voltige ». *Je ne m'étais pas rendu compte, à l'époque, qu'ils servaient tout simplement à se sentir à l'aise dans la selle.*

La demi-heure passa rapidement et à la fin de la session, Ana faisait le tour de la carrière au trot pendant que Kate la guidait, essoufflée et toute rouge à force de suivre l'allure vive de Cohete.

Quand ce fut au tour de Maria, Clara sauta pardessus la lice puis se dirigea vers Kate.

— Je vais m'occuper de Maria, si tu veux, proposa-t-elle.

— Je veux bien, oui.

Contente que Clara s'intéresse au cours, Kate lui tendit la longe et alla s'asseoir sur la barrière.

Lizzie fit faire les mêmes exercices à Maria qu'à Ana et, quand arriva la fin du cours, la petite fille lâcha en espagnol un torrent de paroles à son père.

Kate glissa sur ses pieds et rejoignit Clara qui dessanglait Cohete.

— Tu as été fantastique ! dit Kate en enlaçant le hongre. Qu'est-ce que Maria dit ? chuchota-t-elle à sa cousine.

— Que le cours était génial et elle veut savoir quand aura lieu le prochain, traduisit Clara.

Kate retint sa respiration comme Eduardo demandait à Lizzie :

— Est-ce que samedi prochain, à la même heure, vous conviendrait ?

Lizzie jeta un coup d'œil par-dessus son épaule à Kate et Clara. Elle laissa délibérément planer un moment de suspens avant de se retourner vers le père des jumelles.

— Dix heures, samedi prochain, c'est parfait, lui répondit-elle.

Après qu'Eduardo et les filles les eurent saluées, Kate et Clara se tapèrent dans la main.

— Qu'est-ce qui t'a fait changer d'avis, maman ? demanda Clara.

— Eh bien, mise à part la conduite parfaite de Cohete, répondit Lizzie, c'est parce que j'ai tout simplement pris beaucoup de plaisir. Ce ne sont pas deux cours par semaine qui sauveront le ranch, mais ça aidera à nourrir nos deux poneys !

Elle s'essuya les mains sur son pantalon.

— Je vais aller nous préparer une limonade pour fêter ça. Pendant ce temps, vous pouvez vous occuper de Cohete avant de me rejoindre dans la véranda ?

Alors que Kate acceptait le verre de limonade que lui tendait sa tante, une voiture s'arrêta devant la maison.

— Tu n'as pas inscrit d'autres personnes au cours d'équitation sans m'en parler, j'espère ? dit Lizzie sur le ton de la plaisanterie.

Elle plaqua une main sur son front pour abriter ses yeux du soleil et regarda la voiture. Lorsque la portière s'ouvrit, son sourire s'évanouit.

— Papa !

Clara posa son verre sur la table, dévala les marches de la véranda et sauta au cou de son père.

— Qu'est-ce que tu fais là ?

Kate observa son oncle, submergée par un sentiment d'hostilité. Sa peau dorée et ses cheveux noirs et bouclés le rendaient séduisant et soulignaient sa bonne forme. *Alors que Lizzie est complètement stressée à l'idée de perdre sa maison,* pensa Kate, indignée.

— Carlos, commença Lizzie d'une voix calme. Que puis-je faire pour toi ?

Deux autres personnes sortirent de la voiture. Carlos désigna de la main le plus petit des deux hommes, qui portait un costume clair et un Stetson[1].

— Je te présente Clive Badke, déclara-t-il. Il cherche à acquérir une propriété dans le coin et il pense que le ranch pourrait correspondre à ses attentes.

1. Marque de chapeau mais couramment on appelle un chapeau de cow-boy un Stetson.

Chapitre XI

Carlos s'écarta pour parler seul à Lizzie, une fois que les hommes eurent fait le tour de la propriété, puis revint vers les filles. Les deux cousines étaient assises dans la balancelle, et Kate sentait que Clara était tendue.

— Le ranch a meilleure allure, constata Carlos. Ça va sûrement faciliter sa vente.

Il s'assit sur la balustrade et sourit à Kate.

— Salut, l'étrangère. Comment tu vas ?

Kate se força à lui rendre son sourire.

— Bien, merci, répondit-elle.

Elle tourna la tête dans la direction des paddocks pour empêcher Carlos d'approfondir la conversation.

Carlos s'adressa à Lizzie.

— Je pense que Clive va faire une offre. Dès que j'ai des nouvelles, je te tiens au courant.

Comme Lizzie ne répondait pas, Carlos se leva.

— À plus tard, alors. Au revoir Clara, au revoir Kate.

— Au revoir, papa, répondit Clara d'une voix morose.

Elle descendit de la balancelle et raccompagna son père à la voiture.

Kate remonta ses pieds sur le siège et prit ses genoux entre ses bras. Lizzie se leva brusquement et se mit à débarrasser la table. Les verres dans une main et la carafe dans l'autre, elle rentra dans la maison. Kate secoua la tête, perplexe. *Lizzie est sur le point de perdre sa maison, et Carlos agit comme s'il ne s'agissait que d'une simple transaction commerciale.* Elle observa Clara qui serrait son père dans ses bras avant qu'il ne remonte en voiture. Sa cousine devait à ce moment précis se sentir prise entre deux feux. *Où vont-elles atterrir, après ? Et Luis, Santa et Rafael ?* Elle se mordit la lèvre inférieure en pensant aux poneys. *Nando devrait passer sa retraite là où il a toujours vécu, et Cohete vient à peine d'être libéré d'un mauvais propriétaire. Juste au moment où il pense avoir trouvé des personnes qui tiennent à lui, il va être vendu.* Elle ferma les yeux et posa la tête contre ses genoux. *C'est tellement, tellement injuste.*

L'atmosphère à table, ce soir-là, était tendue. Santa leur avait préparé un poulet braisé au citron, accompagné de haricots verts frais, qui sentait délicieusement bon, mais Lizzie poussait sa fourchette dans son assiette sans rien avaler.

Lorsque le téléphone portable de Clara se mit à sonner, elles sursautèrent toutes les trois. Clara répondit, puis passa l'appel à sa mère.

— C'est papa.

Kate écarta son assiette sur le côté de la table. Les couleurs sur le visage de Lizzie s'estompèrent.

— Je vais y réfléchir, conclut-elle. Rappelle-moi demain pour qu'on en reparle.

Elle raccrocha et fit glisser le téléphone sur la table pour le rendre à Clara.

— Clive a fait une offre, déclara-t-elle. C'est moins que le prix qu'on en demande ; j'ai besoin de réfléchir un peu. Le moins nous obtiendrons de la vente du ranch, le moins je pourrai investir dans une nouvelle maison.

Elle soupira.

— Mais je dois être réaliste. C'est la première offre qu'on nous fait depuis que la maison est en vente. Si je refuse celle-ci, il n'y en aura peut-être pas d'autres.

— Ça veut dire que papa veut accepter ? demanda Clara.

Lizzie acquiesça.

— Il pense que ce serait stupide de notre part de décliner l'offre. Badke paie comptant, donc la vente pourrait se faire très vite.

Kate sentit son cœur qui s'emballait.

— Et toi ? demanda-t-elle promptement. Tu as envie de vendre ?

— Je n'ai pas vraiment le choix.

Lizzie passa les mains sur son visage. Elle regarda Kate d'un air contrit.

— Tes vacances d'été ne se déroulent pas exactement comme tu l'aurais voulu, je sais bien.

Kate fut touchée que Lizzie se préoccupe d'elle, en dépit du fait que sa vie à elle était en train d'effectuer une chute libre.

— Il ne s'agit pas de moi, corrigea Kate. Mais de toi et Clara.

Elle jugea que sa tante et sa cousine avaient besoin de discuter seule à seule et recula sa chaise.

— Je vais donner à manger à Cohete. Je reviens vous aider à faire la vaisselle après.

La gratitude parcourut le visage de Lizzie.

— Merci, Kate, lui dit-elle d'une voix douce.

Cette nuit-là, Kate dormit mal. Elle rêva que les chevaux avaient sauté par-dessus la barrière de leur paddock et qu'ils dévalaient l'allée à toute allure, bien décidés à s'enfuir plutôt que d'être vendus. Dans un sursaut, elle ouvrit les yeux et resta un moment allongée dans la pénombre avant de réaliser qu'elle entendait toujours le bruit de sabots qui claquaient. *Nando et Cohete n'ont pas de fers.* Elle repoussa sa couette et traversa la chambre pour regarder par la fenêtre.

Elle ne put d'abord rien distinguer, mais quand ses yeux s'habituèrent enfin à l'obscurité, elle crut voir des silhouettes se déplacer autour des enclos de Nando et Cohete. Elle enfila rapidement ses Crocs et se précipita dehors en pyjama.

— Qu'est-ce qu'il se passe ? demanda Clara, qui avait rejoint Kate dans la véranda.

— Je ne suis pas sûr… Tu n'as pas une lampe de poche ?

— J'ai mieux, répondit-elle.

Elle retourna dans l'entrée de la maison et appuya sur un interrupteur. Les ampoules qu'on avait suspendues sur toute la longueur du toit inondèrent la véranda de lumière.

Kate écarquilla les yeux en découvrant deux chevaux postés près de l'enclos de Nando et Cohete. Les poneys se tenaient à quelques pas de là, les yeux rivés sur ces inconnus.

— Qu'est-ce qu'il se passe ? cria Lizzie depuis l'entrée.

— Il y a deux chevaux en liberté, l'informa Clara.

— Pas deux, trois ! s'exclama Kate alors qu'un autre cheval, qui venait probablement de la cour, faisait son apparition.

L'équidé s'ébroua bruyamment tout en bronchant devant quelque chose dans l'obscurité.

— Qu'est-ce qu'on fait ? demanda Kate.

— Il faut qu'on les attrape, répondit Lizzie.

Elle plongea ses pieds dans ses bottes.

— Clara, ouvre le portail du terrain de polo, continua-t-elle.

Clara dévala l'allée et ouvrit l'enclos qui se trouvait en face de celui de Nando.

— Kate, tu vas m'aider à conduire les chevaux dans le terrain. Tu fais attention à ce qu'ils ne retournent pas dans la cour et moi à ce qu'ils ne s'enfuient pas vers la sortie.

Clara ouvrit le portail, puis se posta à l'angle extérieur du terrain de polo pour empêcher les chevaux de filer de l'autre côté.

Sans faire de bruit, Kate et Lizzie encerclèrent les animaux avant d'ouvrir grand leurs bras pour les diriger vers l'enclos. Les deux chevaux que Kate avait vus en premier s'éloignèrent du paddock de Nando et prirent la bonne direction au trot mais le troisième cheval virevolta et fonça droit sur Kate.

— Reste où tu es ! cria Lizzie.

— Yah !

Le cœur battant la chamade, Kate agita les bras autour d'elle.

— Va-t'en !

Le cheval se retourna vivement et galopa après ses compagnons. Les trois chevaux tentèrent de s'enfuir dans l'allée, mais Lizzie les attendait. Elle agita les bras et, en les houspillant, parvint à les faire reculer vers la maison. Depuis son paddock, Nando lança un hennissement strident, et les trois chevaux entourèrent

Kate, qui cria et tapa dans ses mains. La queue dressée haut au-dessus de leur croupe, les chevaux, qui glissaient sur le sol, tournèrent en rond pendant un moment avant de finir par se diriger vers le terrain de polo. Clara écarta les bras pour s'assurer qu'ils ne dépassent pas l'enclos pendant que Kate et Lizzie se rapprochaient par-derrière des équidés les emprisonnant dans un mouvement de tenailles. Le cheval qui était en tête se précipita dans le terrain, les autres sur ses talons. Leurs sabots firent gronder le sol, et tous trois s'élancèrent au galop sur le gazon.

Kate fut la première à atteindre le portail, qu'elle claqua aussi vite. Lizzie et Clara la rejoignirent peu de temps après.

Kate observa d'un air dubitatif la clôture du terrain de polo qui était beaucoup plus basse que les barrières qui encerclaient les paddocks.

— Ils ne vont pas sauter par-dessus ?

— C'est un risque à prendre, dit Lizzie, à bout de souffle. Mais je ne veux pas qu'ils s'approchent de nos poneys. Ils pourraient leur transmettre des maladies ou chercher à se battre.

— Ils viennent d'où, à ton avis ? demanda Clara.

Kate leva les mains en l'air.

— Non-coupable !

Sa tante lui adressa un faible sourire.

— Ça va, je ne te crois quand même pas capable de sortir en pyjama pour aller chercher des chevaux !

Ils ne viennent peut-être pas de très loin ; ils ont dû s'enfuir, supposa-t-elle. Je téléphonerai à la police demain matin. Je suis sûre que d'ici là, le propriétaire se sera aperçu de leur disparition et les aura avertis.

Elle passa les doigts dans ses cheveux.

— Je ne crois pas que j'arriverai à me rendormir après tout ça. Que diriez-vous d'un chocolat chaud ?

Kate suivit Lizzie et Clara dans la maison. Avant de rentrer, elle jeta un coup d'œil au terrain de polo. La nuit noire l'empêchait de distinguer le moindre cheval. *À qui appartiennent-ils ? Pourquoi ont-ils débarqué ici ?* Le mystère était à son comble.

Le lendemain matin, Kate descendit directement au terrain de polo. Comme elle s'attendait à moitié à ce que les chevaux aient sauté par-dessus la clôture pendant la nuit, elle fut soulagée de les voir qui paissaient près de la barrière.

Nando se tenait lui-même au bord de la clôture de son paddock et fixait les chevaux, le dos tourné à Cohete. Kate lança un regard compatissant au hongre gris, puis escalada la barrière du terrain de polo.

Les deux plus petits chevaux semblaient mesurer environ quatorze paumes[1], alors que le plus grand devait faire un peu plus de quinze paumes. Tous trois

1. Mesure dont on se sert pour calculer la taille des chevaux. Une paume à la hauteur d'un poing fermé.

étaient bien trop occupés à brouter pour se soucier de Kate. La jeune fille, en découvrant les pauvres conditions physiques des équidés, eut le souffle coupé. Leurs côtes saillaient sous leur robe terne et emmêlée, et les flancs de la jument alezane étaient couverts d'horribles furoncles. Le grand hongre noir avait une entaille sur le haut de la jambe, et un mince filet de sang séché avait dégouliné sur sa balzane. La jument baie, quant à elle, secouait la tête comme si des mouches l'agaçaient, et Kate remarqua que ses yeux, à moitié fermés, suintaient méchamment. Elle en eut l'estomac retourné.

— Comment peut-on laisser ses propres chevaux dans un tel état ? grommela-t-elle, indignée.

Elle se mit à arracher des touffes d'herbe qu'elle offrit aux chevaux, déterminée à faire n'importe quoi, même si cela paraissait minime, pour les aider.

— Oh ! Mes pauvres petits pères ! murmura-t-elle pendant que la jument baie attrapait doucement l'herbe qu'elle lui tendait.

Quand elle alla ensuite offrir à manger au hongre noir, celui-ci, méfiant, s'ébroua et jeta ses jambes dans sa direction.

Kate fit un bond sur le côté. *Je ne peux pas lui en vouloir de ne pas me faire confiance,* pensa-t-elle tout en s'écartant à une distance plus sûre. Elle donna l'herbe qui lui restait à la jument alezane, puis alla chercher Lizzie.

Clara enfilait ses bottes devant la porte d'entrée.

— Comment vont-ils ? demanda-t-elle.

— Ils ne sont pas beaux à voir, lui confia Kate. Je vais chercher Lizzie pour qu'elle les examine.

— Elle est en train d'appeler la police avec mon téléphone, l'informa Clara. Elle n'avait plus de crédit sur le sien. À tout de suite.

Kate suivit le son de la voix de Lizzie et trouva sa tante assise dans la petite pièce accolée à la cuisine, qui servait autrefois de bureau à Carlos. Pendant que Lizzie parlait en espagnol à la police, Kate inspecta la pièce. La plupart des étagères avaient été vidées, laissant de légères traces indemnes de poussière à la place des livres. Les marques sur les murs des tableaux qu'on avait décrochés étaient encore plus visibles. Le bureau croulait sous les factures, et une corbeille à papier débordait de feuilles froissées.

— *Gracias,* dit Lizzie avant de refermer brutalement le clapet du téléphone.

Elle regarda Kate d'un air contrarié.

— Personne ne leur a signalé la disparition des chevaux. La police m'a demandé de les garder le temps de voir si quelqu'un les appelle.

Elle glissa le portable dans sa poche.

— Apparemment, c'est assez courant que des propriétaires se débarrassent de leurs chevaux quand ils ne peuvent plus subvenir à leurs besoins. J'ai accepté de les garder pendant deux jours, mais ils ne peuvent pas rester plus longtemps, surtout si le ranch doit être vendu rapidement.

Le cœur de Kate fit un bond dans sa poitrine. Lizzie avait l'air d'avoir pris sa décision quant à la vente du ranch. Elle baissa les yeux et fixa le sol. Ça l'embêtait beaucoup de devoir ajouter aux problèmes que traversaient sa tante le fait que les chevaux étaient mal en point.

— Qu'est-ce qu'il y a ? demanda Lizzie. Quelque chose ne va pas ?

— Je crois que tu ferais bien d'aller voir les chevaux, répondit Kate.

— C'est ce qu'on appelle des sarcoïdes, expliqua Lizzie qui examinait les furoncles de la jument alezane. Il faut appliquer de la podophylline dessus pour les faire disparaître. Je vais la soigner, mais fais tout de même attention parce que c'est un produit qui brûle très fort la peau. Je vais mettre de la vaseline tout autour des sarcoïdes pour que la podophylline ne déborde pas sur les zones qui ne sont pas infectées.

— Elle n'a pas besoin de voir le vétérinaire, alors ? demanda Kate, soulagée.

Elle savait que sa tante n'avait pas d'argent de côté. Lizzie secoua la tête.

— Non, pas pour l'instant. La podophylline devrait brûler les sarcoïdes et les faire dégonfler. Si ça ne marche pas, alors on devra faire appel au vétérinaire. Mais pour le moment, on va attendre un peu.

Elle tapota l'encolure de la jument, puis s'occupa de la baie.

— À mon avis, c'est juste une conjonctivite, déclara-t-elle après avoir regardé de près les yeux de la jument qui coulaient. On va lui faire des compresses d'eau chaude et de pommade antibactérienne et on verra si ce traitement fait effet. Mais croise les doigts pour que l'argent de la vente du ranch ne passe pas dans les honoraires du vétérinaire !

Le hongre noir coucha subitement les oreilles lorsque la tante de Kate s'approcha de lui. Lentement, Lizzie se retourna et avança, pas à pas, à reculons. Quand elle se trouva à portée du hongre, elle s'immobilisa pour qu'il puisse la sentir. Kate et Clara se figèrent lorsque le cheval noir tendit son encolure pour examiner Lizzie. Comme il passait le bout du nez dans ses cheveux, il s'ébroua bruyamment. Petit à petit, Lizzie se tourna et inclina la tête pour pouvoir souffler dans les narines du hongre.

— C'est comme ça que les chevaux se saluent, chuchota Clara.

Le hongre souffla à son tour sur Lizzie. Celle-ci passa doucement la main le long de son encolure et lui parla à voix basse tout en scrutant son entaille.

— Ce n'est pas très profond, dit-elle. Le désinfecter avec de l'eau chaude salée et lui appliquer de la crème antiseptique fera l'affaire pour le moment. Espérons simplement qu'il soit vacciné contre le tétanos.

Elle rejoignit les filles.

— Allons chercher des licols. Nous devons donner à Cohete sa ration matinale, aussi. Il ne faudrait pas qu'il croie qu'on l'ait abandonné.

Alors qu'elles se dirigeaient vers le portail, une pensée traversa Kate.

— Quel jour on est, aujourd'hui ? demanda-t-elle.

— Le 2, l'informa Clara. Pourquoi ?

— Oh, rien de spécial. C'est juste que ce serait mon premier jour au centre équestre si j'étais restée à la maison.

Elle réalisa alors qu'elle ne regrettait vraiment pas de ne pas y aller. *Je suis bien mieux ici,* se surprit-elle à penser.

— Vous savez, j'ai l'impression que ce sont des anciens chevaux de polo, déclara Clara pendant qu'elles emmenaient les trois équidés dans la grange.

À l'aide de fourches, elles avaient installé dans les stalles des litières de paille dense et rempli les râteliers de foin. Elles avaient aussi calé des seaux d'eau fraîche dans des pneus pour éviter qu'ils tombent.

— Ce sont tous des quarter horses, ajouta Clara.

Lizzie acquiesça.

— C'est exactement ce que je me disais.

— Quarter horses ? répéta Kate, les sourcils froncés.

Elle ne connaissait pas bien cette race.

— On monte souvent ces chevaux pour jouer au polo, lui expliqua Lizzie avant de citer ces paroles : « À l'eau endormie jamais ne te fie ». Ils peuvent aisément passer de l'arrêt à un galop effréné et ils virevoltent comme une jument sauvage. Tu devrais les voir en pleine action sur un terrain de polo !

— Aucun entraîneur ne laisserait ses bêtes dans un état si lamentable, dit Clara. Je pense plutôt qu'ils ont été abandonnés parce qu'on n'avait plus les moyens de s'en occuper.

— Pourquoi les propriétaires ne vendent-ils pas leurs chevaux avant qu'ils soient si mal en point ? demanda Kate, énervée.

Elle guida la jument baie dans la stalle.

— Qu'as-tu encore fait, Kate Sommers ? cria Rafael qui remontait l'allée en compagnie de Luis.

— Vous ne pouvez pas accuser Kate, cette fois, répondit Lizzie tout en refermant la porte sur le hongre noir. Ces trois-là ont atterri ici sans qu'elle y soit pour quelque chose.

— Tu ne peux pas trouver des chevaux en bonne santé ? lança Luis à Kate par-dessus la porte de la stalle.

Son expression s'assombrit comme la jument baie tournait la tête dans la direction de sa voix. Ses yeux étaient enflés et quasiment fermés à présent.

— Je vais aller chercher de l'eau chaude salée, dit-il.

Kate le regarda s'éloigner, impressionnée qu'il sache tout de suite ce dont la jument avait besoin.

— J'ai un coup de fil à donner, annonça Lizzie. Je reviens tout de suite. En attendant, est-ce que vous pouvez préparer leurs rations, les filles ?

Kate et Clara laissèrent Rafael avec les chevaux et se rendirent à l'écurie dans laquelle étaient stockées les boîtes de grains.

— On pourrait peut-être les mettre dans la grange, dit Kate en soulevant l'un des couvercles en métal. Ça nous éviterait de faire des allers-retours dans la cour avec des seaux pleins.

Clara leva les yeux sur elle.

— Les chevaux ne vont pas rester ici longtemps. Je ne suis pas sûre que ça vaille le coup.

Kate écarta une mèche de cheveux qui était retombée sur son front.

— Oui, mais même s'il ne reste pas longtemps, il faut qu'on leur donne des noms.

Sa cousine haussa les sourcils.

— Tu sais que ce sera encore plus difficile de les laisser partir si tu leur donnes des noms ?

— Ce qui veut dire que tu admets que ce sera difficile de les laisser partir ? souligna Kate, le sourire aux lèvres.

— Tu m'as eue, confirma Clara. Continue alors, à quels noms tu penses ?

— Belle, pour l'alezane, répondit Kate promptement. Elle mérite d'avoir un joli prénom pour l'aider à se rétablir rapidement.

Clara secoua la tête.

— Il n'y a que toi pour trouver ce genre de raison. Bon, d'accord, et que penses-tu de Sanchez pour le noir ?

Kate acquiesça.

— Et Manouche pour la jument baie, ajouta Kate.

— J'ai comme l'impression qu'il y a une raison cachée derrière ce nom, est-ce que je me trompe ? demanda Clara.

— C'est parce qu'elle a voyagé jusqu'à nous, et qu'on espère qu'elle va nous porter chance, répondit Kate aussi vite.

Sa cousine soupira.

— Et bien, maintenant, on sera bien obligées de faire avec.

Elle plongea la pelle dans la boîte de grains.

— À ras bord, les seaux.

Chapitre XII

Kate était occupée à attacher le licol autour de l'encolure de Manouche quand des bruits de pas résonnèrent dans l'allée centrale. Elle regarda par-dessus la porte et vit Carlos qui entrait dans la grange. Un instant après, un claquement de sabots se fit entendre comme Lizzie sortait Sanchez de sa stalle.

— Qu'est-ce qu'il se passe, ici ? demanda Carlos sur un ton brusque. Pourquoi est-ce que tu encombres le ranch de chevaux ?

Lizzie fit arrêter Sanchez, qui se mit à se trémousser nerveusement sur place.

— Cela t'a peut-être échappé mais, premièrement, on ne peut pas vraiment dire que j'encombre le ranch de chevaux puisqu'il n'y a que ces trois-là, plus Cohete et Nando. Deuxièmement, je n'aurais pas les moyens d'encombrer cet endroit, même si ce n'est pas l'envie qui me manque. Et troisièmement, ces chevaux ont débarqué au ranch sans que je leur envoie une invitation.

Vas-y, Lizzie ! acclama Kate intérieurement.

Sa tante se remit en route et passa devant Carlos pour emmener Sanchez dans la cour, où Clara shampouinait la robe de Belle.

Kate fit claquer sa langue et mena Manouche à la suite de Lizzie. Pendant qu'elles attachaient les chevaux à des anneaux métalliques, Rafael déposa des seaux d'eau chaude à leurs pieds.

— Tiens, dit Clara en tendant le shampooing à sa cousine.

À l'aide d'une éponge, Kate fit doucement couler l'eau sur Manouche, puis appliqua le shampooing sur sa robe. Lorsqu'elle se mit à rincer la jument, Kate réalisa que Carlos les observait.

— Comment t'es-tu procuré ces chevaux, déjà ? demanda-t-il à son ex-femme.

— Je ne me les suis pas procurés, répliqua Lizzie qui passait une éponge autour des yeux de Sanchez. Nous les avons trouvés au milieu de la nuit devant la maison ; ils couraient dans tous les sens. J'ai téléphoné à la police, mais personne n'a encore déclaré leur disparition.

Carlos fit le tour de Manouche. Il s'approcha d'elle, fit basculer sa crinière de l'autre côté puis examina son encolure.

— Regardez ça ! s'exclama Carlos en les invitant à s'approcher.

Lizzie tendit son éponge à Rafael pour qu'il continue de laver Sanchez. Pendant que sa tante et sa cousine les rejoignaient, Kate observa les marques sur l'encolure de Manouche qui ressemblaient à des empreintes de pouce.

— Je ne peux pas en être sûr à cent pour cent, mais il me semble bien que ce cheval est Pétillante. Elle a exactement les mêmes marques, dit Carlos.

Il fit glisser sa main le long du chanfrein de la jument, puis introduisit un doigt dans le coin de sa bouche. Doucement, il lui fit ouvrir la bouche pour examiner ses dents.

— Pétillante devrait avoir à peu près trente ans, maintenant, murmura-t-il. Et bien que ce soit difficile de définir l'âge exact de cette jument, elle a assurément plus de vingt-cinq ans.

Kate se tourna vers Lizzie.

— Qui est Pétillante ?

— Une championne de polo, répondit sa tante. C'était une joueuse incroyable à son époque.

Elle caressa l'encolure de la jument.

— Si c'est elle, Dieu seul sait pourquoi elle est arrivée ici et dans cet état-là.

— Je vais me renseigner, dit Carlos.

Il fit quelques pas en arrière et s'adressa à Lizzie.

— Tu as un peu de temps pour qu'on parle, maintenant ?

— Je ne peux pas accepter la vente tant que le propriétaire des chevaux ne sera pas venu les récupérer ou que je ne leur aurai pas trouvé un nouveau toit, répondit Lizzie d'un ton ferme. Je te donne une réponse la semaine prochaine, je l'espère.

Carlos fronça les sourcils.

— Je ne pense pas qu'on puisse faire attendre Clive très longtemps. Il faudra que tu donnes ta réponse la semaine prochaine, au plus tard.

Kate reporta son attention sur Manouche pendant que Carlos s'éloignait. Elle ne put s'empêcher de faire une toute petite danse derrière la jument pour célébrer la victoire. Les chevaux étaient en sécurité pour le moment, et beaucoup de choses pouvaient se passer en l'espace de sept jours !

— Tu es jolie comme ça, déclara Lizzie le soir suivant, comme Kate montait à bord du camion.

— Merci, répondit-elle.

Elle avait finalement décidé de porter un jean slim et un débardeur en mousseline flottant pour sa soirée en ville avec Sina et ses amis.

— Stressée ? demanda Lizzie en abaissant le frein à main.

Kate secoua la tête.

— Ce n'est pas un rendez-vous galant, précisa-t-elle à sa tante. Je vais juste passer un peu de temps avec eux.

Mais pour être honnête, elle était un peu anxieuse à l'idée de découvrir les amis que Sina lui présenterait. *Faites qu'il n'y ait pas l'ancien propriétaire de Cohete.*

Lizzie ne décrocha pas un mot du trajet et fronçait légèrement les sourcils comme si elle avait mal à la tête.

— Est-ce que ça va ? lui demanda Kate quand elles s'arrêtèrent devant le bar à jus de fruits.

— Une bonne nuit de sommeil me fera du bien, répondit Lizzie. Je n'irai pas me coucher avant que tu rentres, donc fais en sorte de rentrer pour vingt et une heures, veux-tu ?

— Oui, oui, approuva Kate.

Elle regarda sa tante redémarrer, puis entra dans le bar. Elle s'arrêta dans l'entrée et chercha Sina dans la pièce. Les tabourets en chrome qui gisaient devant le comptoir orange et jaune vif étaient tous occupés, mais elle ne parvenait pas à distinguer le garçon au milieu de la foule.

Soudain, elle entendit son nom crié depuis le fond de la pièce. Kate leva la tête et vit Sina, assis dans un canapé, qui lui faisait signe. Elle se faufila sur le carrelage rouge et blanc et, lorsqu'elle atteignit la table, son cœur se serra. Deux des garçons qui se trouvaient en face de Sina avaient chahuté Cohete.

— Comment vas-tu ? lui demanda Sina.

Il se décala sur le canapé en cuir pour lui faire de la place.

— Bien, merci, répondit Kate tout en glissant sur la banquette.

— Ce n'est pas ce qu'on m'a dit, renchérit l'un des garçons.

La fille qui était assise de l'autre côté de Sina gloussa, puis se pencha en avant et sourit à Kate.

— Le problème avec Joaquin, déclara-t-elle, c'est qu'il a très peu de blagues en stock et qu'il n'en sort que très rarement. Il va falloir qu'on supporte qu'il se prenne pour le roi de l'humour pour le reste de la soirée, maintenant.

Elle fit un clin d'œil à Kate.

Kate se détendit un peu, espérant cependant que les amis de Sina n'allaient pas passer la soirée à lui faire des coups bas.

— Moi, c'est Julia, se présenta son interlocutrice. Ça c'est Elena, ajouta-t-elle en indiquant de la tête la fille aux longs cheveux méchés qui était assise en face d'elle. Le petit malin, c'est Joaquin et à côté de lui, c'est Ricardo.

Ricardo la regarda droit dans les yeux.

— On s'est déjà rencontré, dit-il.

— Et où ça ? demanda Elena, l'air déconcerté.

Ricardo haussa les épaules.

— Oh, tu sais, les Anglais, à peine ils ont débarqué qu'il faut déjà qu'ils fassent leurs intéressants.

Kate sentit le rouge lui monter aux joues. Elena se tourna vers elle.

— C'est vrai ? Mais qu'est-ce qu'il s'est passé ?

Ricardo fit mine de rien.

— Oh, laissa-t-il tomber, rien d'important.

Kate devina qu'il n'avait aucune intention d'avouer qu'il avait jeté des pierres sur Cohete.

— Oh, non, s'empressa-t-elle de reprendre en souriant. Je pense que ça vaut le coup de partager ça.

Elle sentit Sina se raidir à côté d'elle.

— Cette histoire ne parle pas vraiment de moi, raconta-t-elle à Elena, mais plutôt d'un poney.

Ricardo rougit et la fusilla du regard.

Kate poursuivit.

— Tu te souviens du poney, Ricardo ?

Elle se tourna alors vers Sina.

— Tu étais là, toi aussi, Sina, n'est-ce pas ?

Il secoua la tête de façon presque imperceptible pour l'empêcher de continuer. L'ignorant, Kate s'adressa de nouveau à Elena.

— J'imagine qu'on m'a prise un peu pour une arriviste. Je m'étais juste dit que c'était un bon moyen pour gagner un peu d'argent. Je suis allée à la foire du coin avec le poney de ma tante et j'ai proposé aux enfants de faire un tour dessus. Sina et Ricardo passaient par là mais j'ai dû leur dire qu'ils étaient trop vieux pour se faire promener sur Nando.

Sina toussota ; Kate le regarda d'un air innocent.

— Tu as avalé de travers ?

Elena haussa les sourcils.

— Tu voulais faire un tour de poney, Sina ?

Le garçon se leva.

— Qu'est-ce que tu veux boire, Kate ? demanda-t-il.

— Un smoothie à la mangue, s'il te plaît, répondit-elle.

Sina se pencha et fit semblant de renouer le lacet de sa Converse.

— Je vais essayer de résister à l'envie d'y ajouter une pincée de piment, chuchota-t-il à l'oreille de Kate.

— Eh bien, je ne trouve pas que tu faisais ton intéressante, dit Julia pendant que Sina se dirigeait vers le bar. Je pense que c'était une bonne idée de proposer des tours de poney, et Sina et Ric auraient dû savoir qu'ils étaient trop vieux pour ça.

Kate jeta un coup d'œil à Ricardo, qui lui sourit à contrecœur.

— J'aurais peut-être dû m'en rendre compte, dit-il.

— Ça, c'est sûr, répliqua Kate, en appuyant de manière délibérée sur ses mots.

— Mais combien de chevaux a ta tante ? demanda Julia. J'ai entendu dire qu'elle les avait tous vendus.

— Elle n'en avait plus qu'un, en effet, répondit Kate. Nando, son vieux poney de polo. Mais elle en a cinq, maintenant. Cohete qu'elle a racheté et nous en avons trouvé trois autres qui vagabondaient autour du ranch dans la nuit de samedi à dimanche.

— À qui sont-ils ? demanda Julia comme Sina rapportait le smoothie de Kate.

Kate le remercia.

— Nous ne sommes pas sûrs, confessa-t-elle, mais l'un d'entre eux pourrait bien être Pétillante, un ancien champion de polo.

— Ah bon ? insista Julia, l'air très intéressé. Ce ne devrait pas être difficile de retrouver les propriétaires de ce cheval, alors, non ?

— De cette jument, rectifia Kate. Et vu l'état dans lequel elle est, son propriétaire ne va sûrement pas s'empresser de la réclamer.

Elena écarquilla les yeux et regarda Julia.

— On dirait bien qu'on tient un scoop, là.

Sina se leva et attrapa la main de Kate.

— Allez, viens, Kate.

Il l'emmena là où un petit groupe de personnes dansait.

— Espérons que tu assures plus sur la piste de danse que lorsque tu parles.

Kate rit.

— Toujours un temps en avance.

Sina posa légèrement ses mains sur les hanches de Kate.

— J'en tiendrai compte la prochaine fois ! dit-il le sourire aux lèvres.

À la fin de la soirée, la mère de Sina vint les chercher devant le bar. Sina fit de grands yeux à Kate avant d'ouvrir la portière de la voiture.

— Ne t'attends pas à ce que ma mère aille aussi vite que nous la dernière fois, marmonna-t-il. C'est une grande partisane de rouler à une vitesse peu élevée et constante.

— Les anges t'abandonnent si tu dépasses les limitations de vitesse, répliqua sa mère.

Elle se retourna et sourit.

— Kate, c'est bien ça ? Enchantée. Moi, c'est Sandra.

— Bonsoir. Merci de me ramener, ajouta Kate tout en glissant sur la banquette arrière.

— Y a pas de quoi, répondit Sandra en mettant le contact.

Kate salua les amis de Sina par la fenêtre qui attendaient eux aussi dehors qu'on vienne les chercher, mais se raidit tout à coup, ne s'attendant pas à ce que Sina s'asseoie tout contre elle. Il se pencha au-dessus d'elle et s'empara de la ceinture de sécurité qu'il lui passa autour.

— Juste au cas où maman commette l'inimaginable et atteigne les trente kilomètres à l'heure.

Kate réprima son envie de rire et repoussa Sina d'un geste taquin.

— Dans ce cas, tu ferais mieux de t'attacher toi aussi.

— Rabat-joie, grommela Sina.

Il attacha sa ceinture, puis saisit la main de Kate. Elle se dégagea de son emprise.

— Tu confonds monter en voiture et traverser la rue, lui dit-elle. Je n'ai pas besoin qu'on me tienne la main pour être en sécurité, ici.

Sina la regarda de biais.

— Je note. La prochaine fois qu'on se voit, il faudra absolument trouver une rue à traverser.

À son grand embarras, Kate se sentit rougir. Elle n'avait pas la moindre intention de tomber amoureuse de Sina, malgré les signaux évidents qu'il lui envoyait. *Je vais bientôt repartir. Je n'ai pas le temps pour une amourette de vacances.*

Lorsque la mère de Sina s'arrêta devant le ranch, Kate se sentit partagée entre le soulagement et le regret.

— Merci de m'avoir déposée, dit-elle en détachant sa ceinture.

Ses yeux s'écarquillèrent comme Sina lui glissait un bout de papier dans la main.

— Mon numéro, expliqua-t-il, tout sourire. Comme ça, tu l'auras quand tu voudras m'appeler.

Kate secoua la tête, amusée par tant d'assurance. Elle fourra le papier dans sa poche et ouvrit la portière.

— À un de ces quatre, lança-t-elle avant de descendre et de claquer la porte derrière elle.

Sina baissa la fenêtre de la voiture qui démarrait.

— Plus tôt que ça, Kate. Sinon, c'est moi qui t'appellerai !

Kate passa les deux jours suivants dans l'arrière-cour, où elle s'occupa des chevaux et aida aux travaux. Un sentiment de fierté l'envahit quand elle monta Cohete et le mena dans la carrière. Rafael avait hersé le sol, et les lices qui venaient juste d'être repeintes scintillaient sous les rayons du soleil. Cohete arqua son encolure et fouetta l'air de la queue comme s'il partageait la fierté de Kate.

Lizzie les attendait, une longe de travail à la main.

— Je veux voir comment Cohete se débrouille avec ça, aujourd'hui, annonça-t-elle à Kate. Je vais m'en servir avec les jumelles, samedi, et je veux m'assurer qu'il n'y voit pas d'inconvénient.

Elle attacha la longe au mors du poney.

— Écarte-toi le plus loin possible, dit-elle à sa nièce.

Kate fit avancer Cohete jusqu'à ce que la longe soit tendue. Comme elle sentit qu'il hésitait à continuer à cause de la forte pression qu'on exerçait sur le mors, elle serra les jambes contre son corps pour le rassurer.

— Continue à avancer, mon beau, l'encouragea-t-elle.

Cohete se remit en marche et, petit à petit, se détendit.

— Soit il a déjà bien été dressé, soit il apprend vite, commenta Lizzie.

Elle fit claquer le fouet qu'elle tenait dans la main droite, et Cohete s'élança dans un trot fluide. Quand ils eurent fait deux fois le tour de la carrière, Lizzie fit ralentir Cohete jusqu'à ce qu'il s'arrête.

— Tu te souviens comment on fait pour attacher les rênes ? demanda-t-elle à Kate.

Kate acquiesça et forma adroitement une boucle avec ses rênes.

— Bien, maintenant remonte tes étriers, continua Lizzie.

Kate déchaussa les étriers qu'elle accrocha ensuite sur le devant de la selle.

— Voyons voir comment tu te débrouilles, maintenant que tu ne peux plus compter que sur ton équilibre pour rester en selle.

Lizzie fit claquer sa langue, et Cohete avança. Lizzie fit claquer sa langue une seconde fois, et Cohete se mit à trotter.

Instinctivement, Kate s'agrippa au poney à l'aide de ses jambes.

— Détends-toi, lui conseilla sa tante. Si tu te tiens avec tes jambes, tu vas finir par sortir de la selle au lieu de t'enfoncer dedans. Essaie d'imaginer que tout ton poids tombe à l'arrière de tes jambes jusque dans tes talons.

Kate se concentra dur et comme elle se laissait aller dans la selle, elle finit par sentir qu'elle bougeait à l'unisson avec le poney.

— Bien joué, cria Lizzie. Les mouvements de Cohete sont fluides, ce qui ne serait pas le cas si tu rebondissais sur son dos.

— Il avance à un très bon rythme, haleta Kate.

— Bien, essayons de galoper, maintenant, mais ne change rien, dit Lizzie. Continue à suivre les mouvements de Cohete et reste aussi calme.

Kate était persuadée que, sans les étriers, elle tomberait, mais le galop de Cohete était si doux qu'elle eut en fait l'impression d'être assise sur de la soie. Elle ne put s'empêcher de sourire allégrement pendant qu'ils ondoyaient tout autour de la carrière.

— À présent, ferme les yeux, lui ordonna sa tante. Bien monter, ce n'est pas voir mais ressentir ce que ton cheval fait.

Kate obéit et, soudain, son attention tout entière se porta sur Cohete. Elle pouvait sentir la tension dans les muscles du hongre, qui se contractaient puis se relâchaient, et chacun de ses pas comme sa foulée absorbait le sol.

— Rouvre les yeux, maintenant, conclut Lizzie tout en demandant au poney de revenir au trot pour finalement s'arrêter. Comment c'était ?

— Incroyable ! répondit Kate qui se pencha en avant pour enlacer Cohete. Carrément incroyable !

Après avoir débridé, dessellé et bouchonné Cohete, Kate offrit au poney une poignée de grains en guise de récompense.

Luis la rejoignit devant le box de Cohete.

— Comment s'est passé ton cours d'équitation ? demanda-t-il.

— Je n'arrive pas à croire tout ce que j'apprends, répondit Kate. J'ai l'impression d'être sur des montagnes russes. À un moment, je soigne une conjonctivite et celui d'après, je galope sans étriers ni rênes et les yeux fermés !

Elle était sur le point d'aller jeter un œil aux trois chevaux mystérieux.

— Tu veux venir avec moi dans la grange pour voir comment vont nos patients ?

— Avec plaisir, oui.

Alors qu'ils traversaient la cour, Luis lui demanda :

— Tu as passé une bonne soirée l'autre soir, quand tu es sortie ?

Kate hésita.

— J'ai cru que j'avais fait une bêtise en acceptant d'y aller mais, au final, c'était cool.

— Fais gaffe quand tu sors avec Sina, l'avertit Luis. Il a mauvaise réputation.

Kate lui sourit pour qu'il cesse de prendre ce ton sérieux.

— Apparemment, moi aussi !

Ils remontèrent l'allée principale de la grange.

— C'est surprenant la vitesse à laquelle ils réagissent aux traitements, constata Luis.

Kate acquiesça.

— Il va falloir plus de temps à Belle pour se rétablir. Lizzie pense que ses sarcoïdes n'ont pas été traitées depuis des mois.

Elle se posta au côté de Luis pour regarder Sanchez. Le grand hongre noir se tenait au fond de la stalle, les oreilles à moitié couchées.

Luis ouvrit le verrou de la porte.

— Je ne ferais pas ça si j'étais toi, remarqua Kate. Lizzie est la seule qui arrive à l'approcher pour le moment.

Luis lui fit signe de le suivre.

— Viens, dit-il. Tu me fais confiance ?

Kate hésita un peu, puis finit par le rejoindre dans la stalle du hongre.

— Les chevaux sentent la peur, expliqua Luis. Et s'ils croient que tu as peur, alors ils auront peur, eux aussi. Mais... Il s'interrompit quelques instants : ils sont confiants si toi-même tu l'es. *Comprenda ?*

Kate acquiesça.

— Je comprends, oui.

Luis plaça la main sur Sanchez et lui chuchota des mots d'une voix douce. Au bout d'un moment, le garçon se mit à caresser l'encolure du hongre en effectuant de petits cercles sur son poil. Petit à petit, Sanchez se détendit et reposa sa jambe.

— Allez, essaie.

Luis prit la main de Kate et lui fit faire des mouvements circulaires sur l'encolure du cheval. Sanchez plaqua les oreilles en arrière, mais comme Kate continuait à exercer la douce pression sur sa peau, elle sentit qu'il finissait par se relaxer sous ses doigts.

— Où as-tu appris à faire ça ? demanda-t-elle à Luis à voix basse.

Le garçon haussa les épaules.

— Si tu grandis parmi les chevaux, tu apprends quelques trucs.

— Tu as grandi avec des poneys de polo ? l'interrogea Kate.

— Dès qu'on n'avait pas besoin de moi à la maison, je venais passer du temps ici, répondit-il.

— Et maintenant, tu passes tout ton temps ici.

Kate le regarda droit dans les yeux.

— On est bien ici, dit-il, sans chercher à détourner son regard du sien.

— Oui, soupira Kate. Mais pour combien de temps encore ?

Lorsqu'ils en eurent fini avec les chevaux, Kate retourna au ranch. Clara et Santa se trouvaient sur la véranda, absorbées dans la lecture d'un journal.

— Il y a des choses intéressantes ? demanda Kate en montant les marches.

— Regarde ! s'exclama Santa en lui tendant le journal.

Kate secoua la tête.

— Je ne comprends pas l'espagnol, dit-elle.

Sa cousine reprit le journal et traduisit le gros titre.

— « Le cheval de polo légendaire trouve un refuge. »

En dessous se trouvait une photo aux couleurs passées sur laquelle un cheval bai et un alezan, dont les cavaliers brandissaient leur maillet en l'air, s'affrontaient.

— *En 1987,* lut Clara, *un cheval apporta renommée et victoire à notre équipe de polo en gagnant la Coronation Cup. Par la suite, ce cheval fit connaître à l'équipe d'Argentine l'une des périodes les plus glorieuses de son histoire. En tant que Nation, nous sommes fiers de célébrer nos prouesses sur le terrain de polo. Mais combien d'entre nous s'inquiètent de savoir ce qui advient de ces chevaux une fois qu'ils ont fait leur temps ? Vous imaginez certainement, qu'après toutes ces années dévouées au sport, qu'ils auront droit à une retraite paisible au cours de laquelle leurs quelques besoins vitaux seront satisfaits ?*

Apparemment, ça n'a pas été le cas de Pétillante. La star du polo en Argentine serait tombée dans la misère. Dimanche dernier, aux petites heures du matin, Pétillante et deux autres chevaux ont été abandonnés sur le Ranch Batistuta. Les trois animaux étaient dans un état lamentable, et la police demande à toute personne susceptible d'avoir des renseignements de les contacter. À présent, Mme Elizabeth Batistuta prend soin des équidés dans ce qui est provisoirement devenu un refuge pour chevaux abandonnés.

— Je me demande bien d'où ils tiennent tout ça, dit Clara en repliant le journal. T'as une idée, Kate ?

Les joues de Kate s'empourprèrent.

— J'en ai peut-être parlé quand je suis sortie, lundi soir. Mais comment j'aurais pu deviner que cette histoire allait finir dans le journal ?

— Ne me dis rien, grommela Clara. L'une de tes nouvelles amies s'appelle Julia Fernandez ?

Kate acquiesça.

— Comment tu le sais ?

— Parce que le rédacteur en chef de ce journal n'est autre que le père de Julia.

Clara tapota le journal.

— Maman va devenir folle quand elle va voir ça !

Chapitre XIII

Kate prit le journal et rentra dans la maison. Elle pensait qu'il valait mieux que ce soit elle qui apprenne la nouvelle à Lizzie plutôt que quelqu'un d'autre.

Sa tante faisait les cent pas dans le couloir, le téléphone à l'oreille.

— Je ne comprends pas très bien pourquoi vous pensez que nous sommes un refuge. Vous êtes au Ranch Batistuta, ici. Des dons ? Non, je ne suis pas dans une situation qui me permette de faire un don pour le moment.

Elle haussa les sourcils.

— Vous voulez me faire un don, à moi ?

Son regard se posa soudain sur Kate.

— Je suis désolée, on m'attend. Pouvez-vous rappeler un peu plus tard ?

Elle raccrocha vivement.

— Pourquoi est-ce que j'ai le sentiment que tu

vas pouvoir m'expliquer ce que ce coup de téléphone voulait dire ?

Kate lui tendit le journal.

— Je suis désolée, dit-elle pendant que sa tante parcourait rapidement l'article. Je crois bien que j'ai encore tout gâché. J'ai raconté à l'une des amies de Sina comment les chevaux étaient arrivés là, et il se trouve que son père est le rédacteur en chef du journal local.

Elle se raidit, s'attendant à ce que Lizzie s'effondre.

— Te rends-tu compte qu'en l'espace de deux semaines et demie tu as bouleversé ma vie qui était déjà sens dessus dessous ?

Les lèvres de Lizzie se convulsèrent.

— Je ne peux pas me retourner sans que des chevaux ou des inconnus surgissent sur le pas de ma porte. On dirait que la rumeur coure que le Ranch Batistuta est l'endroit *in* du moment !

Kate passa les mains dans ses cheveux.

— Je pensais que tu allais piquer une crise. Je croyais que je venais d'ajouter la goutte d'eau qui fait déborder le vase.

Lizzie rit avant d'attirer Kate contre elle.

— Crois-moi, même si j'étais en colère contre toi, je serais incapable de l'être longtemps !

Elle relâcha son étreinte comme le téléphone sonnait à nouveau.

— Lizzie Batistuta. Non, je ne tiens pas un refuge pour chevaux !

Clara apparut dans l'entrée et agita les mains pour attirer l'attention de sa mère.

— Tu devrais peut-être arrêter de dire aux gens que nous ne sommes pas un refuge. Nous allons avoir besoin de toute l'aide possible si nous voulons nourrir ces chevaux !

Kate hocha la tête.

— Clara a raison.

Le regard de Lizzie glissa de Clara à Kate, puis elle reprit sa conversation téléphonique.

— Excusez-moi. Ce que je voulais dire, c'est que vous êtes au Ranch Batistuta, refuge pour chevaux et poneys.

— Santa, on en est au troisième pichet de limonade. Il faudrait qu'on commence à s'activer un peu plus, blagua Kate le jour suivant alors qu'elle chargeait un plateau de gobelets en plastique.

Santa, qui sortait un autre pichet de limonade du réfrigérateur, avait l'air pensif.

— Tu sais, ce n'est pas une mauvaise idée. Tu crois que les gens achèteraient des gâteaux, aussi ?

Kate sourit.

— Voilà que tu te mets à parler comme moi, maintenant !

Elle se précipita dans le bureau et s'empara d'un bout de carton et d'un marqueur noir. *Gâteaux et limonade faits maison,* écrivit-elle dessus. Elle sortit avec sa pancarte, la plia en deux, puis la posa sur la table à tréteaux qu'ils avaient installée au pied de la véranda. Santa la rejoignit et plaça autour de la pancarte des assiettes de brownies, de petits gâteaux et de sablés au caramel. Kate aligna les gobelets et les remplit de limonade.

À la table d'à côté, Clara remerciait une femme qui lui tendait un kit de pansage.

— Cela va nous être très utile, dit-elle en le posant à côté d'un tas de longes.

— Est-ce que je peux voir les chevaux ? demanda la femme.

— Oui, bien sûr. Si vous suivez ce chemin qui mène à l'arrière-cour, vous trouverez ma mère, dans la grange ; elle vous montrera les chevaux.

Clara lui indiqua la direction à prendre. Elle attendit que la femme soit hors de portée de voix pour confier à Kate et Santa :

— Jusque-là, on nous a donné sept licols, neuf longes, trois kits de pansage, cinq sacs de grains et un bridon !

Kate secoua la tête.

— Et tout ça grâce à l'article dans le journal de ce matin. C'est incroyable.

Clara la regarda d'un air sérieux.

— Je crois qu'il faut que je te remercie, Kate. Je... Je viens juste de réaliser à quel point maman était malheureuse à cause... à cause de tout ce qui se passait.

Je n'avais jamais pensé que les choses pouvaient aller autrement. Mais maintenant, quand je la vois avec les chevaux, et la cour qui reprend vie, je me dis que tu es peut-être la meilleure chose qui nous soit arrivée depuis longtemps.

Kate fixait sa cousine, incapable de parler. *Qui es-tu ? Où est l'ancienne Clara ?* Mais il était incontestable que les chevaux avaient redonné vie au ranch ; vie et espoir.

Avant qu'elle ne puisse dire quelque chose, deux nouvelles voitures remontèrent l'allée et se garèrent le long des trois autres véhicules qui étaient déjà stationnés là.

Kate reconnut Eduardo et les jumelles qui descendaient de la première voiture. Deux autres petites filles, qui devaient avoir le même âge que les jumelles, sortirent de la deuxième voiture. Les quatre filles coururent jusqu'à Kate.

— Salut, Kate ! s'exclama Ana. On a lu l'histoire dans le journal, alors on s'est dit qu'on pouvait venir voir les chevaux.

— Marta et Susanna se demandaient si elles pouvaient prendre des cours d'équitation, elles aussi, dit Eduardo qui les avait rejointes.

Comme Kate ne savait que répondre, Marta se tourna vers sa mère.

— Est-ce qu'on peut avoir de la limonade, s'il te plaît.

— Et des petits gâteaux, ajouta Maria en glissant la main dans celle de son père.

Pendant que les parents des filles comptaient l'argent qu'ils avaient sur eux, Kate déclara :

— Je ne suis pas sûre qu'on puisse déjà monter l'un des nouveaux chevaux. Même si nous pensons que ce sont tous les trois des chevaux de selle, nous ne pourrons en être sûres à cent pour cent que lorsque nous les auront essayés. Et si vous alliez plutôt voir ma tante pour en discuter avec elle ? Elle est dans la grange.

Les petites filles ouvrirent la marche jusqu'à la cour, en bavardant sur un ton animé. Lorsqu'ils eurent disparu, Clara dit à Kate :

— On dirait bien que tu apprends ! Si ça s'était passé la semaine dernière, tu les aurais inscrites pour une randonnée de trois heures sur Sanchez !

— Je peux faire preuve de retenue, tu sais.

Kate tendit le bras pour prendre un brownie. Santa lui donna une petite claque sur la main.

— Alors, fais la même chose avec mes gâteaux. À moins que tu ne payes, comme tout le monde !

Lorsque tous les visiteurs furent partis, Kate et Clara se rendirent à la grange. Lizzie et Rafael regardaient Belle par-dessus la porte de sa stalle.

— Elle ne réagit pas au traitement. On va devoir appeler le vétérinaire, déclara Rafael.

Lizzie acquiesça.

— Nous avons récupéré assez d'argent avec les dons pour payer le vétérinaire et nous occuper des chevaux jusqu'à la fin du mois, mais je ne peux pas les garder ici indéfiniment. Carlos a besoin d'avoir une réponse pour le ranch et si nous décidons d'accepter l'offre, il va falloir que je trouve au plus vite un endroit où placer ces chevaux. Je n'ai pas l'impression que leur propriétaire va venir les réclamer et je ne vois personne d'autre qui pourrait en vouloir...

Rafael balaya Belle du regard.

— Pas pour le moment, c'est sûr, confirma-t-il.

— Le ranch ne peut pas rester un refuge longtemps, dit Lizzie, d'un ton ferme.

— Trois chevaux et deux poneys pensent le contraire, commenta Rafael.

Lizzie regarda par-dessus l'épaule de l'homme et remarqua Kate et Clara.

— Oh, coucou, toutes les deux. Merci pour votre aide, aujourd'hui.

Clara fit un pas en avant.

— Maman, tu n'as pas pensé que transformer le ranch en refuge pourrait être une chance pour nous de rester ici ? Ce serait un moyen pour que le ranch s'autofinance, surtout si tu continues à donner des cours d'équitation.

Lizzie balaya de la main un brin de foin qui s'était accroché sur sa manche.

— Ma puce, ton père attend de moi une réponse dans les deux jours. Je ne peux pas lui dire que je refuse la vente parce que je veux rester ici et diriger un refuge pour chevaux !

— Ce qui veut dire que tu envisagerais de diriger un refuge ? répliqua Kate, les yeux pétillants comme elle analysait le choix des mots que sa tante avait employés.

— Tu as l'occasion de rendre la vie meilleure aux poneys qui sont maltraités, dit Clara sur un ton persuasif. Ils n'ont nulle part d'autre où aller dans le coin.

— Et il y a un réel besoin, souligna Rafael. Ceux dont nous nous occupons ne sont qu'un petit exemple du nombre de chevaux qui vont mal.

— C'est évident que les gens nous soutiendrons, vu leurs réactions suite à un seul article de journal, ajouta Kate.

Lizzie leva les mains.

— Oh là ! s'exclama-t-elle. Ce n'est pas une décision à prendre à la légère. J'ai besoin de temps pour y réfléchir.

— Mais tu vas vraiment y réfléchir ? demanda Kate, la voix haut perchée par l'excitation.

Lizzie grommela.

— Si je promets de rendre mon verdict demain, est-ce que vous allez me laisser un peu tranquille ?

Kate saisit la main de sa cousine.

— Promis !

Le lendemain matin, au petit déjeuner, Lizzie n'avait toujours pas réussi à prendre une décision. Kate aida à faire la vaisselle, puis sortit voir les chevaux. Elle conduisit d'abord Cohete dans la grange pour lui donner sa ration matinale.

Les trois chevaux dressèrent les oreilles au bruit des pas de Kate, et Belle hennit doucement en passant la tête au-dessus de la partie basse de la porte de son box. Kate leur distribua leur nourriture. Les trois équidés abandonnés ne pourraient pas sortir dans les paddocks tant que leurs infections ne seraient pas guéries ; mais, pour le moment, ils semblaient heureux de rester dans la grange à brouter du foin.

Quand les chevaux eurent fini de manger, Kate se mit à nettoyer les stalles.

— Que vas-tu devenir ? chuchota-t-elle à Manouche qu'elle attachait dans l'allée.

Elles avaient décidé de continuer à l'appeler Manouche, même si Carlos la suspectait d'avoir un jour été le célèbre cheval de polo, Pétillante. Si Manouche avait choisi de recommencer une nouvelle vie au ranch, alors elle méritait aussi d'avoir un nouveau prénom.

Lizzie entra dans la grange.

— Ça te dirait d'essayer Manouche dans la carrière ? proposa-t-elle à sa nièce.

— Tu es sérieuse ? répondit Kate, tout sourire. J'adorerais.

— Prends la carpette pour faire un tapis, reprit Lizzie, et le bridon de Nando devrait lui aller. Manouche a une petite tête.

Kate s'interrogea comme ses yeux se posaient sur le bridon qu'on leur avait donné et que Lizzie avait en main. Si elle utilisait le harnachement de Nando sur Manouche, que faisait sa tante avec ce bridon ? Un sourire mystérieux aux lèvres, Lizzie ouvrit la porte de Sanchez. Elle enfila le filet au hongre noir, puis le fit sortir de sa stalle.

— Tu vas le monter ? demanda Kate, le souffle coupé.

Lizzie passa les rênes au-dessus de la tête de Sanchez.

— Je vais juste faire un petit essai, répondit-elle. On se retrouve dans la carrière.

Kate attrapa le bridon de Nando, et Manouche ouvrit la bouche pour prendre le mors.

— C'est bien, ma belle, dit Kate tout en attachant les boucles.

Après avoir glissé le tapis sur le dos de la jument, Kate lui fit descendre l'allée. Les yeux rivés sur elles, Belle hennit fort.

— On revient vite, lui cria Kate.

Les appels de Belle les suivirent dans la cour, et Manouche s'arrêta net tout en tirant en arrière sur les rênes.

— Allez, viens, ma belle, la pressa Kate comme la jument refusait d'avancer.

Elle lui donna une petite tape sur la croupe, mais Manouche se retourna vivement et se débattit.

Luis passa la tête par la porte de son atelier.

— Qu'est-ce que c'est que tout ce boucan ?

— Elle ne veut pas quitter Belle.

Kate serra fort les rênes pendant que Manouche tournait autour d'elle.

Luis s'approcha et saisit le bridon de la jument.

— Tout doux, ma belle, dit-il sur un ton apaisant.

Les oreilles de Manouche oscillèrent dans sa direction, et elle cessa de bouger, épuisée.

— Tu ne dois pas avoir peur, continua Luis d'une voix douce. Tu es avec des amis ici, et nous ne laisserons personne te faire du mal.

Tout en parlant, il se mit à avancer et, à la grande surprise de Kate, la jument le suivit. Quand ils furent sortis de la cour, Luis lui rendit les rênes.

— Ah, dit-il sur le ton de la plaisanterie, je sais ce que tu penses.

— Je parie que non, répliqua Kate.

— Tu te dis, après tout, ce n'est peut-être pas qu'un simple mécano.

Luis esquissa un sourire, dévoilant une fossette dans sa joue.

— Ça fait longtemps que je m'en suis rendu compte.

Kate sentit alors ses joues qui s'empourpraient.

— Merci pour ton aide, conclut-elle à la hâte.

Pendant qu'elle s'éloignait avec Manouche, elle sentit le regard de Luis posé sur elle.

Lizzie, sur le dos de Sanchez, faisait le tour de la carrière au trot. Le hongre se déplaçait avec grâce, la tête arquée et la queue en panache. Lizzie, qui montait à cru, était assise confortablement et avait l'air aussi à l'aise que sur une selle.

— Il a fière allure ! commenta Kate.

Elle arrêta Manouche dans l'entrée de l'enclos. Sanchez, malgré sa tête qui paraissait trop grosse pour son corps mince, était étonnamment élégant.

— Il obéit très vite, dit Lizzie qui faisait tourner le cheval sur la ligne du milieu. Je pense qu'il a bien été dressé dans le passé.

Elle arrêta Sanchez au milieu de la carrière. Le hongre resta d'aplomb sur ses quatre membres avant de faire trois petits pas en arrière.

Kate, en entendant des voix, se retourna et vit Clara et Carlos qui approchaient de la carrière. L'anxiété la gagna immédiatement. Lizzie étant toujours en proie à l'indécision, Carlos parviendrait-il à la convaincre de vendre ?

Lizzie trotta jusqu'au portail de la carrière et descendit de sa monture.

— Il a beaucoup de potentiel, dit-elle en tapotant l'encolure de Sanchez.

— Que quelqu'un d'autre saura exploiter, répliqua Carlos d'une voix paisible. Je suis sûr de pouvoir lui trouver un acheteur.

Lizzie haussa les sourcils.

— Et pour les autres ?

Carlos haussa les épaules.

— On peut toujours les vendre aux enchères.

Lizzie, embarrassée, claqua sa langue contre son palais.

— Carlos, tu sais aussi bien que moi qu'ils finiront tous à l'abattoir.

— Tu n'es pas responsable d'eux, remarqua Carlos. C'est gentil de ta part de te préoccuper d'eux, mais tu as d'autres problèmes plus urgents à régler comme la vente du ranch.

Kate retint sa respiration. Elle jeta un coup d'œil à Clara qui avait pâli.

— J'ai chargé le notaire de rédiger les papiers, déclara Carlos.

Lizzie écarquilla les yeux.

— Tu as fait quoi ?

Sa voix tremblait.

— Tu n'avais aucun droit de faire ça avant que je te donne mon consentement.

Carlos leva la main.

— Je voulais juste faire un peu avancer les choses. Nous ne pouvons pas perdre Clive. C'est notre seul acheteur.

Lizzie secoua la tête, ses boucles balayant ses joues.

— Eh bien, tu peux téléphoner au notaire et lui dire d'arrêter toutes les démarches. Je ne vends pas le ranch.

Carlos continua à parler sur un ton égal :

— Ne sois pas stupide. Ce n'est pas parce que tu es en colère contre moi que tu dois refuser une très bonne offre.

— Accorde-moi un peu plus de bon sens que ça, rétorqua Lizzie. Je ne vends pas parce que j'ai décidé de rester. Le Ranch Batistuta va devenir un refuge pour chevaux.

Oui ! Une vague de triomphe submergea Kate, qui enlaça Manouche.

Carlos soupira.

— Tu ne peux pas faire ça. La moitié du ranch m'appartient, et je veux le vendre.

— Je vais racheter ta part, annonça Lizzie.

— S'il vous plaît, ne vous disputez pas, implora Clara en posant la main sur le bras de son père.

Elle le regarda d'un air angoissé.

Sentant la tension qui régnait, Sanchez piaffa.

Carlos prit une profonde inspiration.

— Nous ne nous disputons pas, dit-il. Mais peut-être pourrais-tu convaincre ta mère que son idée est ridicule.

Dis-lui, Clara, implora Kate. *Dis-lui que c'est ce que tu veux, toi aussi.*

Sa cousine se mordit la lèvre et baissa la tête.

— On en reparlera plus tard, dit sèchement Carlos à l'intention de Lizzie.

Il tourna les talons et s'éloigna à grandes enjambées.

Lizzie laissa échapper un soupir tremblotant.

— Eh bien, déclara-t-elle, j'imagine que notre situation est officielle, maintenant. Même si dieu sait comment je vais pouvoir subvenir aux besoins de tous ces animaux.

Kate planta un baiser sur le bout du nez de Manouche.

— Tu restes, lui chuchota-t-elle. Bienvenue dans ta nouvelle maison.

— Prête ? demanda Lizzie qui revenait de la stalle où elle avait reconduit Sanchez.

— Prête, répondit Kate.

Elle posa un pied dans l'étrier et se hissa sur la selle.

— On va commencer par des transitions de base, annonça Lizzie.

Kate pressa les flancs de Manouche, et fut surprise de constater la mollesse de sa réaction. Elle serra les jambes plus fort, et Manouche se mit lentement à avancer au pas.

— Laisse tes jambes sur la sangle, lui conseilla Lizzie.

Kate força sur ses jambes jusqu'à en avoir mal. Manouche finit par allonger le pas, et sa foulée devint plus fluide.

— Est-ce que tu sens le changement ? demanda sa tante.

Kate acquiesça.

— Je peux essayer de trotter, maintenant ?

— Tout ce que tu veux, l'invita Lizzie.

Kate tourna Manouche en direction de la diagonale et la fit aller au trot assis. Comme Manouche avait été déséquilibrée, Kate se soulevait puis redescendait dans la selle pour ramener la jument à une allure cadencée. Au moment où la jeune fille put enfin se laisser aller au trot assis, Manouche ralentit.

— Allez, s'impatienta Kate.

Elle pressa fort les jambes, et quand elles tournèrent à l'angle de la longueur de la carrière, Kate s'assit profondément dans la selle. Elle recula sa jambe extérieure et tira sur la rêne intérieure. Manouche accéléra, mais refusa de passer au galop.

— Ne la laisse pas désobéir, utilise tes aides, cria Lizzie.

Kate donna un petit coup de cravache à Manouche, et la jument se mit soudain à galoper. Kate sourit, mais, au bout de trois foulées, sa monture retomba au trot.

Lizzie rit.

— Elle n'est pas très rapide, hein ?

Kate effectua une volte[1] et ramena Manouche au centre de la carrière.

1. Cercle de six à dix mètres de diamètre.

— Je n'aurais jamais cru que je serais contente de descendre un jour ! dit Kate, à bout de souffle.

Elle déchaussa les étriers et se laissa glisser au bas de sa monture.

— On ne peut pas lui en vouloir, déclara Lizzie en tapotant l'encolure de Manouche. Elle n'est plus toute jeune, après tout. Je suis sûre qu'elle fera du bon travail à la longe, tout comme Nando.

— Nando ? répéta Kate, étonnée. Je croyais que tu ne voulais pas qu'il reprenne l'activité ?

— Si le ranch se transforme réellement en refuge, nous allons tous devoir y mettre un peu du nôtre, répondit Lizzie. Et je pense que Nando apprécierait de faire un peu d'exercice.

Elle aida Kate à remonter les étriers de Manouche sur leurs étrivières.

— Avec un peu plus d'entraînement, Sanchez pourrait être très bien pour les adultes, mais il va falloir qu'on pioche un peu dans les dons pour acheter d'autres harnachements...

Elle s'interrompit et pouffa.

— Mais tu m'entends ! Voilà que je m'emballe, maintenant !

— Et pourquoi tu ne pourrais pas faire des projets ? rétorqua Kate. On a beaucoup de choses à entreprendre si on veut que cet endroit tourne.

Alors qu'elle soulevait la selle pour détacher la sangle, elle réalisa qu'elle ne pourrait pas mettre beaucoup du sien dans ce projet. *Je m'en vais dans quelques semaines,* pensa-t-elle tristement. Elle avait échoué dans sa quête originale d'être renvoyée chez elle au plus vite et, à présent, quand elle prenait en considération ce qu'elle laisserait derrière elle, la perspective de rentrer n'était plus aussi attrayante.

— Tu te débrouilles bien, dit Kate en souriant à Marta, qui était la quatrième élève de Lizzie, ce samedi matin-là.

— Tu crois que je pourrais monter sans longe, la prochaine fois ? demanda la petite fille.

Kate fit semblant de prendre la question très au sérieux.

— Je pense que Nando préférerait si tu continuais encore un peu comme ça. Il n'a pas travaillé sans longe depuis très longtemps.

— Il se sent plus en sécurité si tu le tiens, approuva Marta, en acceptant l'explication de Kate.

— Mais tu te débrouilles tellement bien que dans peu de temps, il sera content que j'arrête de l'aider, la rassura Kate.

— Trot en C, cria Lizzie à travers la carrière.

Kate remarqua les lettres fraîchement peintes sur la pancarte que Luis avait clouée à la barrière. *On se croirait dans un vrai centre équestre maintenant,* pensa Kate, toute fière. Elle courut jusqu'à l'angle de la carrière, en s'assurant que Marta était bien en selle.

— Assise, assise, assise, ordonna Lizzie à son élève.

— Quand est-ce que je pourrais monter et descendre ? demanda Marta.

— Dès que tu sauras t'asseoir correctement.

Lizzie leur fit signe de se rendre au milieu de la carrière.

— Et tu y arrives presque.

Elle aida Marta à mettre pied à terre.

— Kate va emmener Nando au paddock, maintenant, pour le desseller. Tu ne veux pas lui faire quelques caresses pour le remercier, avant ?

— J'aimerais bien apprendre à le desseller, dit Marta tout en caressant le chanfrein du hongre.

— Je parie que tu adorerais apprendre à t'occuper d'un poney, je me trompe ? demanda Kate comme une idée venait de lui traverser l'esprit. En fait, nous pensons organiser une journée au cours de laquelle on apprendrait à panser un poney, à le seller, le brider et bien sûr à le monter, aussi.

Marta ouvrit grand les yeux.

— Est-ce que je peux venir ? demanda-t-elle.

— Il faut que j'en parle à ta mère avant, répondit Lizzie.

Elle leva les yeux sur Kate et articula en silence :

— Bonne idée.

D'humeur joyeuse, Kate bouchonna Nando et lui donna une petite ration de nourriture.

— Je te ferai une toilette digne de ce nom plus tard, lui promit-elle avant de regagner le ranch pour déjeuner.

Quand elle arriva à la cuisine, Santa était en train de servir du poisson grillé et des légumes.

— Tu pourrais ramener le jus d'orange à table, s'il te plaît ? demanda-t-elle à Kate.

— Oui, répondit-elle.

Elle se lava les mains puis prit la carafe dans le réfrigérateur.

— J'étais juste en train de raconter l'idée que tu avais eue d'organiser une journée dédiée aux poneys, l'informa Lizzie. Les quatre filles veulent y participer, et si nous mettons des affiches en ville, on pourrait avoir encore plus de clients.

— Bien vu ! s'exclama Kate qui posait la carafe sur la table. On pourrait faire un petit discours sur les soins qu'il faut prodiguer aux chevaux et expliquer pourquoi nous pensons que le refuge aidera les chevaux dans le futur. Qui veut du jus d'orange ?

Luis et Rafael levèrent leur verre.

— Clara ? demanda Kate.

— Hein ?

Clara cligna des yeux, l'air distrait.

— Oh, euh, oui, s'il te plaît.

La sonnette de la porte d'entrée retentit, juste au moment où Kate s'apprêtait à demander à sa cousine si elle allait bien.

Lizzie recula sa chaise.

— J'y vais, dit-elle.

Clara regarda sa mère quitter la pièce d'un air anxieux.

— D'autres élèves ? s'enquit Santa qui faisait passer le saladier de légumes.

Kate secoua la tête.

— Nous avons fini pour aujourd'hui, répondit-elle.

À l'aide de sa fourchette, elle versa dans son assiette des carottes, des brocolis et des mini-épis de maïs et se rendit compte qu'elle était affamée.

Quelques minutes plus tard, Lizzie regagna la cuisine, l'air abasourdi. Elle se laissa tomber sur sa chaise.

— C'était quelqu'un de la mairie. Il m'a dit qu'on nous avait dénoncés. On agirait comme une association caritative sans en avoir le statut légal. Nous devons rendre tous les dons que nous avons reçus et faire une demande d'autorisation à la mairie. Il n'est pas sûr qu'on nous l'accorde parce que, théoriquement, nous avons déjà violé la loi en acceptant de prendre de l'argent. On a aussi porté plainte contre nous pour avoir transformé le ranch en refuge sans autorisation.

Elle s'interrompit et enserra son front de ses deux mains.

— Je n'arrive pas à y croire. C'est sans doute un signe ; je devrais peut-être juste vendre le ranch, après tout.

Le cœur de Kate se serra, et elle jeta un coup d'œil à sa cousine qui se trouvait de l'autre côté de la table. Clara avait les yeux rivés sur son assiette, s'empêchant de regarder qui que ce soit. *Pourquoi est-ce que j'ai le sentiment que Clara n'apprend rien de nouveau ?*

Chapitre XIV

— Tu étais au courant, pas vrai, hein ?

Après le déjeuner, Kate avait suivi Clara dans le salon. Elle était appuyée contre la porte qu'elle avait fermée derrière elle et fixait sa cousine du regard.

Clara se retourna pour lui faire face.

— Papa a vaguement parlé d'examiner les conditions pour tenir une association caritative. Il ne voulait pas que maman s'implique trop et qu'elle ne découvre trop tard que ce qu'elle faisait était illégal.

— Oh, c'est vraiment gentil de sa part de se sentir si concerné !

Kate croisa les bras.

Les yeux de Clara lui lancèrent des éclairs.

— Écoute, ce n'est pas lui le méchant dans l'histoire.

Kate contint sa colère.

— Et toi, qu'est-ce que tu penses dans tout ça ?

insista-t-elle. Je veux dire, ce n'est pas comme si tu étais la première à vouloir que ta mère continue à avoir des chevaux, non ?

— Je t'ai déjà dit que j'avais changé d'avis en voyant quelle différence ça faisait pour elle, rétorqua Clara. Tu ne me crois pas ?

— Pas vraiment, non, admit Kate. Ça arrange un peu les choses que ton père soit au courant de ce que nous faisons, du moins il en sait assez pour déposer une plainte officielle en mairie. À mon avis, tu veux que ta mère vende le ranch pour tirer un trait sur ton passé.

Il y eut un silence, au cours duquel Kate put voir les couleurs sur le visage de sa cousine s'évanouir avant de réapparaître sur ses joues en deux marques roses bien distinctes.

— Ah, vraiment ? cracha Clara. Tu penses que j'ai envie de voir ma mère perdre tout ce pour quoi elle a toujours travaillé, la seule maison que j'ai connue, pour un petit appartement miteux en ville où elle ne pourra jamais avoir de cheval ? Tu ne sais absolument rien, Kate ! Est-ce que pour une fois, tu ne pourrais pas essayer d'imaginer ce que les autres ressentent ? J'aime mes parents autant l'un que l'autre, mais tout ce que je vois c'est le mal qu'ils se font. Je veux qu'ils soient heureux tous les deux, et à l'heure actuelle, il semble bien que faire du ranch un refuge est tout ce dont ma mère a besoin. Donc je ferais n'importe quoi pour que ça arrive, n'importe quoi !

Kate avala sa salive. Elle n'avait jamais entendu Clara dire autant de choses à la fois. Et peut-être n'avait-elle pas pensé à ce que sa cousine pouvait ressentir en voyant ses parents mettre leur vie en pièces. Elle fut prise d'un élan de compassion pour Clara et se sentit coupable que sa vie à elle soit si parfaite. À cet instant précis, avoir été renvoyée de l'école lui semblait comme un bien petit raté comparé à ce que sa cousine endurait. Kate prit une profonde inspiration.

— Bon, et maintenant, qu'est-ce qu'on fait ?

Elle traversa la pièce et alla s'asseoir sur l'accoudoir du canapé.

— On va faire tout ce qui est en notre pouvoir pour que la mairie accepte notre demande, répondit Clara d'une voix ferme, mais qui manquait d'entrain. On ne va probablement pas pouvoir accepter de dons pendant quelque temps, mais on peut toujours se donner l'air d'une équipe de professionnels. Il faut qu'on recherche comment faire pour obtenir le statut légal d'association caritative, et peut-être que tu pourrais appeler Sina, cet après-midi, pour lui demander de nous aider à créer un site Internet ? Il y a plus de chances qu'il accepte si c'est toi qui lui demandes.

Kate, surprise, cligna des yeux.

— Il crée des sites Internet ?

— Oui, répondit Clara en hochant la tête. Il réussit haut la main tous les contrôles d'informatique à l'école. J'irai prendre des photos des chevaux et du ranch tout à l'heure et les lui enverrai par e-mail. Et puis, il faut aussi qu'on réfléchisse à ce qu'on veut dire sur le site. On devrait raconter pourquoi on a commencé et dans quels buts.

— Et on devrait intégrer une partie qui explique comment adopter un poney, ajouta Kate qui sentait sa bonne humeur revenir. La personne qui remplit un formulaire d'adoption et fait un don reçoit, en échange, une photo du poney, des informations régulières sur son état et une invitation pour venir le voir.

Elle sauta sur ses pieds.

— Je vais appeler Sina tout de suite !

— Tu peux prendre le téléphone de maman ? demanda Clara en sortant le sien de sa poche. Je dois passer un coup de fil à Julia pour voir si elle peut demander à son père d'écrire un autre article pour que les gens soutiennent notre demande à la mairie.

— Très bonne idée.

Kate traversa le couloir comme une flèche et s'apprêtait à ouvrir les portes de la cuisine quand elle entendit Lizzie mentionner le nom de Clive Badke. Kate reconnut le son du clapet du téléphone qu'on refermait.

— Il a réévalué son offre, dit sa tante à voix basse. Il est prêt à payer le prix qu'on en demandait au départ en échange d'une transaction rapide.

Kate retint sa respiration. *Lizzi est obligée de tout abandonner, maintenant. Ça fait un an qu'elle attend ça.* Son ventre se noua comme elle se souvenait de ce que Lizzie avait dit sur ce qu'il adviendrait des chevaux si on les vendait aux enchères. *On ne peut pas laisser faire ça !*

— Les filles seraient très affectées si le ranch était vendu, répondit Rafael. Elles ont mis tout leur cœur pour le transformer en refuge.

— Je sais, soupira Lizzie. Et ça leur a fait tellement de bien à toutes les deux. Clara n'a jamais été aussi heureuse depuis le départ de Carlos, et Kate se dévoue corps et âme pour le ranch. Je sais combien Kay et Sean étaient inquiets pour elle, mais si nous pouvons canaliser son énergie en la faisant monter à cheval, j'ai le sentiment qu'elle ira loin dans la vie.

— Elle est faite pour ça, cette fille, observa Rafael.

— Tu penses ça, toi aussi ?

Le son de plats qui s'entrechoquaient résonna avant que Lizzie déclare :

— Elle sait instinctivement des choses que la plupart des gens mettent des mois à apprendre. C'est vraiment dommage qu'elle ne monte pas chez elle. Elle va me manquer quand elle va partir.

La main de Kate glissa sur la porte. Elle fit demi-tour, sortit dehors et emprunta le chemin de la cour. Il n'y avait pas un bruit dans l'écurie, hormis celui des chevaux qui mâchouillaient leur foin. Kate regarda par-dessus la porte de Sanchez.

— Salut, toi, murmura-t-elle en posant les bras sur la porte.

Les oreilles de Sanchez se couchèrent, et il lui tourna le dos. Kate se sentit soudain déprimée.

— Je comprends plus de choses que tu ne croies, dit-elle au hongre avant de plaquer son front contre ses bras.

Elle n'avait pas supporté devoir quitter sa maison et ses amis mais ici, elle avait le sentiment d'être à sa place comme jamais elle ne l'avait été. Le ranch n'était pas qu'un simple refuge pour chevaux ; il y avait aussi des personnes qui y avaient placé tous leurs espoirs et tous leurs rêves. *Et maintenant, nous allons tout perdre.* Kate plissa les yeux. Quelques instants plus tard, elle sentit qu'on effleurait ses cheveux. Elle leva lentement la tête et croisa le regard noir et calme de Sanchez. Sa gorge se serra quand elle tendit la main pour caresser la joue du hongre.

— Je vais faire tout ce que je peux pour que vous puissiez rester ici.

Alors qu'elle prononçait ces paroles, elle se sentit gagnée par une toute nouvelle détermination.

— Nous allons nous battre jusqu'au bout.

— Kate ?

Lizzie passa la tête par la porte de sa chambre.

— Il y avait ça dans la boîte aux lettres pour toi.

Elle lui tendit une carte postale.

— On part dans dix minutes. Tu es prête ?

Kate fit courir nerveusement sa main sur sa robe en mousseline de haute couture. Lorsqu'elle l'avait mise dans sa valise, elle avait imaginé la porter pour aller à une soirée, pas à une convocation en mairie.

— Je suis prête, oui, acquiesça-t-elle. Je lis juste ma carte et je descends. Tu es élégante comme ça.

Lizzie portait un tailleur crème et un chemisier en soie rouge.

— Toi aussi, constata gentiment sa tante.

Elle prit une courte inspiration.

— On se retrouve en bas.

Kate attendit que Lizzie soit partie pour s'asseoir sur le lit. Elle observa la photo sur la carte postale qui montrait des Welsh Cob[1] de montagne gris en train de brouter sur le flanc d'une colline, au pied de laquelle serpentait une rivière. Elle tourna la carte et reconnut l'écriture franche et soignée de Louisa.

Salut l'étrangère,

On est au troisième jour de notre voyage et j'ai mal partout ! On se lève tôt le matin pour s'occuper des chevaux. On leur met leurs harnachements et, après, on dépose nos sacs dans une Land Rover qui les emmène

1. Race de poneys originaires du Pays de Galles.

avec la nourriture des animaux jusqu'à l'endroit où on passe la nuit suivante. Nous n'allons pas aussi vite qu'elle ! J'ai galopé pour la première fois hier, c'était génial. Mon poney s'appelle Monty et le cob de Sarah, Jasper. Ils sont trop beaux mais tellement gourmands : ils n'arrêtent pas d'essayer de brouter l'herbe en chemin ! L'année prochaine, il n'y a pas moyen, il faut absolument qu'on fasse ça ensemble.

Gros bisous,
Lou

Kate cala la carte sur sa table de chevet et se surprit à ne pas être du tout déçue d'avoir manqué ces vacances-ci. *Rien n'est plus important que de sauver le refuge.* Elle sortit son téléphone portable et envoya un rapide message à Louisa. *Merci pour la carte. Contente que tu passes du bon tps. G tant de choses à te raconter... t'envoie un mail dès que tu rentres. Biz. K.*

Elle ferma la porte de sa chambre, prit une profonde inspiration et croisa les doigts. Ils allaient avoir besoin de beaucoup de chance, aujourd'hui. Elle descendit et vit sa tante qui glissait un tas de papiers dans une serviette.

— Tu as tout ? demanda Kate.

— J'ai vérifié et revérifié, répondit Lizzie.

Elle attrapa ses clés sur la table.

— J'ai les photocopies de notre demande de statut légal d'association caritative, toutes les règles auxquelles nous nous soumettrons, des images de notre site Internet et les photocopies des lettres de recommandation que nous avons reçues.

En entendant le léger tremblement dans la voix de Lizzie, Kate passa son bras autour de sa tante et lui donna une brève accolade.

— Allez, allons leur montrer de quoi nous sommes capables.

Lizzie lui rendit son étreinte puis se redressa.

— Je n'aurais pas dit mieux !

— Je ne vois pas pourquoi ils rejetteraient notre demande, déclara Clara pendant que Lizzie se garait devant les bâtiments vitrés. La demande était assez simple, pourquoi celle auprès du conseil municipal poserait-elle des problèmes ? Tout ce que nous voulons faire, c'est aider les chevaux. Que peuvent-ils refuser là-dedans ?

Rafael, qui avait insisté pour les accompagner, détacha sa ceinture.

— S'ils refusent, nous ferons appel. C'est aussi simple que ça.

Kate jeta un coup d'œil à sa cousine.

— Si seulement ça pouvait être aussi simple, chuchota-t-elle.

Clara acquiesça.

— Je garde les doigts croisés.

Ils sortirent tous de la Jeep, prirent la direction des bureaux municipaux et gagnèrent la fraîcheur du hall carrelé. Des chaises étaient alignées devant la porte du bureau du maire. Kate s'assit entre Lizzie et Clara, tandis que Rafael s'adossait contre un pilier.

— Y en a encore pour longtemps ? grommela-t-il au bout de vingt minutes. Combien de temps ça peut prendre pour décider si l'on peut rester ouvert ?

Kate avala sa salive et croisa les bras devant elle. Que se passerait-il si le conseil municipal ne leur accordait pas l'autorisation ?

La porte s'ouvrit, et un employé posa les yeux sur Lizzie.

— Madame Batistuta ? Le conseil est prêt à vous recevoir.

Lizzie pressa les mains de Clara et Kate avant de se lever.

— Souhaitez-moi bonne chance, leur chuchota-t-elle.

— Bonne chance, lui répondirent-elles en chœur.

Kate repensa aux preuves à l'appui qu'ils avaient jointes à la demande d'autorisation. En plus des photocopies du dossier qu'ils avaient rempli pour obtenir le statut légal d'association caritative, ils avaient intégré des images du site Internet que Sina avait créé et sur lesquelles on voyait les chevaux dans les paddocks, l'écurie et un cours d'équitation. Ils avaient ajouté des photos « avant-après » de Cohete, qui avait beaucoup changé depuis son arrivée au ranch. Ils avaient aussi inclus des lettres dans lesquelles des voisins témoignaient du dévouement de Lizzie et une pétition signée des lecteurs du journal local. Ils avaient fait tout ce qui était en leur pouvoir pour convaincre le conseil municipal de les autoriser à faire du ranch non plus un club de polo mais un refuge. Seulement, cela suffirait-il ?

La porte du bureau était restée ouverte, et la voix de Lizzie parvenait jusqu'au hall.

— Le refuge que nous cherchons à établir au Ranch Batistuta n'a rien d'une lubie passagère, mais répond à un réel besoin. Les temps sont durs, et de plus en plus de personnes se mettent en quatre pour prendre soin de ces animaux qui leur ont été fidèles des années durant. C'est une triste réalité, mais il arrive que ces animaux soient abandonnés et, sans un organisme qui s'engage à protéger leurs intérêts, il est fort probable qu'ils finissent à l'abattoir. Notre refuge accueillerait et, si possible, replacerait ces chevaux abandonnés. Nos critères d'admission englobe-raient aussi les vieux chevaux dont les propriétaires ne veulent plus, les chevaux qui auraient des problèmes comportementaux et pour qui nous pourrions espérer trouver quelqu'un qui les adopterait, ou les chevaux qui souffriraient à cause de propriétaires mal-veillants ou incompétents. Comme vous pouvez le voir d'après les autres règles que je vous ai soumises, nous ferons bien attention à ne pas dépasser notre capacité maximale d'admission qui variera en fonction des besoins des chevaux et des poneys qui seront sur le site. Nous sommes conscients que nous ne pouvons pas nous occuper de tous les équidés d'Argentine qui souffrent ou dont on veut se séparer, mais je suis persuadée que nous pouvons changer beaucoup de choses pour les chevaux et les poneys qui sont en détresse. Nous travaillerons aussi en relation étroite avec un vétérinaire et un maréchal-ferrant, dont les services seront financés par les dons caritatifs que nous recevrons lorsque notre demande aura été agréée. Je superviserai le fonctionnement quotidien du refuge et serai aidée par une équipe compétente. Nous travaillerons selon un emploi du temps bien établi qui nous permettra d'assurer l'exploitation des prés, les mises en quarantaine et les soins chevalins.

Kate leva les yeux comme un employé passait devant eux et entrait dans le bureau en refermant la porte derrière lui.

Les minutes s'écoulaient, et Kate agrippa la main de Clara. *Qu'est-ce qui peut bien prendre autant de temps ?*

Sa cousine serra sa main plus fort lorsque la porte s'ouvrit et que Lizzie ressortit de la pièce, les yeux pétillants et les joues empourprées.

— On a réussi ! lâcha-t-elle. Le conseil a annulé la plainte déposée contre le ranch. Notre demande a été acceptée !

Elle se précipita vers elles et les serra dans ses bras.

Un homme, élégamment vêtu et dont les cheveux noirs étaient lissés en arrière, passa les doubles portes du bureau et se dirigea vers eux.

— Señor Morinigo, dit-il en tendant la main.

Son nom disait quelque chose à Kate, qui fronça les sourcils comme elle essayait de le situer.

— Je suis le père de Sina, ajouta-t-il avec obligeance.

— Vous êtes venu parler en notre faveur ? demanda Kate, envahie par la gratitude.

— Je fais partie du comité. Mais oui, j'ai défendu votre cause pour que vous obteniez une autorisation. Mon fils m'a affirmé que vous étiez des plus passionnées quand il s'agissait de venir au secours des animaux.

Ses yeux scintillèrent, puis il s'adressa à Lizzie.

Kate se retourna et embrassa Clara et Rafael.

— Eh bien Kate la Tornade, je suis très content que tu sois dans le pétrin avec nous, lui dit Rafael.

— Moi, aussi, répondit Kate en riant.

Moi aussi, c'est sûr.

Lorsqu'ils arrivèrent devant le ranch, Kate s'étonna de voir flotter sur le toit de la véranda des drapeaux.

Santa était en train de déposer un gâteau au chocolat sur une table qui croulait déjà sous les assiettes. Sur la véranda, Luis et Sina bricolaient les enceintes qu'ils avaient sorties.

— Les voilà ! s'écria Santa.

Elle se précipita vers eux et étreignit Lizzie.

— C'est merveilleux ! dit-elle.

Dès qu'ils étaient sortis de la mairie, Lizzie avait téléphoné à Santa pour lui annoncer la nouvelle.

La tête de Julia apparut dans l'encadrement de la porte du ranch.

— Santa, où est-ce que vous rangez les verres ? demanda-t-elle.

Son visage s'illumina quand elle remarqua Lizzie et les autres.

— Vous revoilà !

Elle courut jusqu'à eux et tapa dans les mains de Kate et Clara.

— Nous avions décidé de venir ici, soit pour nous apitoyer avec vous, soit pour fêter ça. Papa est dans la cuisine, il essaie de dénicher les verres.

Elle roula des yeux.

— Heureusement qu'il n'est pas autant à court d'idées quand il fait des reportages d'investigation.

Kate rit, et Rafael se dirigea vers le ranch pour aider le père de Julia.

— Plus personne n'a le droit de le critiquer, maintenant. Pas après qu'il ait écrit son article « Sauvez le Refuge des Chevaux ».

Julia se tourna vers les équidés qui se trouvaient dans le paddock.

— Je suis contente qu'ils n'aient pas pu savoir qu'ils étaient à deux doigts de perdre leur maison.

Nando et Belle étaient devenus inséparables depuis que les chevaux étaient sortis de quarantaine. Ils faisaient chacun la toilette de l'autre, et la crinière de Nando rebondissait comme il passait ses dents sur l'encolure de Belle. Sanchez broutait un peu à l'écart du reste du groupe. Une voiture roula devant le paddock, et le hongre noir s'ébroua en rejetant la tête en arrière avant de rejoindre les autres chevaux au galop.

Toujours prêt à jouer, Cohete virevolta et galopa sur toute la longueur du pré.

— C'est papa, commenta Clara, qui paraissait tendue.

Le cœur de Kate se serra quand Carlos descendit de voiture. Ses lunettes de soleil masquaient son expression. Il avança vers Lizzie.

— J'imagine que je dois te féliciter ?

La méfiance remplaça la joie qui émanait des yeux de Lizzie. Elle hocha brièvement la tête.

— Tu sais, il n'est toujours pas trop tard pour changer d'avis, déclara Carlos.

Kate retint son souffle, mais Lizzie sourit.

— Dis-leur ça à eux, répliqua-t-elle en pointant la main en direction des paddocks.

Clara s'approcha de ses parents et prit son père par le bras.

— Allez, papa, on est là pour faire la fête. Que dirais-tu d'un morceau de gâteau ?

Bien joué, pensa Kate pendant que Clara traînait Carlos jusqu'à la table.

Le son s'éleva brusquement de la véranda, grâce aux garçons qui étaient finalement parvenus à faire marcher le lecteur CD. Laissant Luis passer en revue la pile de disques, Sina rejoignit Kate et Lizzie et, nonchalamment, passa son bras autour des épaules de la jeune fille.

— Merci beaucoup, Sina, pour le site Internet, dit Lizzie. Le comité a été vraiment très impressionné par ton travail.

— Ce n'était pas si compliqué que ça à faire, répondit-il. Mais je suis content qu'il vous ait aidée à obtenir leur accord.

Il sourit à Kate.

— Cela veut-il dire qu'on peut s'attendre à te voir parcourir les rues à la recherche d'autres poneys à voler ?

Kate lui rendit son sourire.

— Ça m'a tout l'air d'être une bonne idée, maintenant.

— En fait, ça m'a plutôt l'air d'être un bon moyen pour nous faire fermer avant même qu'on ait commencé, la corrigea Lizzie. Je vais aller me chercher un verre et faire comme si je n'avais rien entendu !

Sina attendit que Lizzie parte avant de parler.

— Ça te dirait de continuer la fête un peu plus tard ? Il y a une avant-première au Cineplex, ce soir. Il sourit : Je vois bien que tu meurs d'envie de me demander de sortir avec toi, maintenant que je vous ai aidés à sauver la mise grâce à mon site Internet.

Kate eut le souffle coupé devant tant de culot, mais fut tout à coup distraite par l'arrivée d'un taxi. Les portes de la voiture s'ouvrirent, et Kate, stupéfaite, haleta :

— Maman ! Papa ! Mais qu'est-ce que vous faites ici ?

Elle se dégagea du bras de Sina et se précipita vers eux.

— Vous n'êtes pas censés être en Iran ?

Le teint de ses parents avait un hâle doré, et lorsqu'elle embrassa sa mère, Kate respira le N° 5 de Chanel qui lui était si familier.

Elle fit ensuite quelques pas en arrière et observa ses parents, alarmée.

— Vous n'êtes pas venus pour me ramener à la maison, hein ? Il reste encore une semaine de vacances.

— Je croyais que tu serais prête à tout pour rentrer et voir tes amis ! s'exclama sa mère, le sourire aux lèvres. Mais, non, nous ne sommes pas venus te chercher. Nous sommes là pour passer un peu de temps avec toi avant de repartir.

Kate était déconcertée.

— C'est super que vous soyez là, mais nous passerons plein de temps ensemble quand je serai rentrée.

Son regard alla de sa mère à son père.

— Non ?

Son père hésita.

— On m'a proposé un contrat à long terme en Iran, ma puce, lui annonça-t-il. Ta mère et moi avons eu une longue discussion et en avons conclu que le mieux pour toi serait d'intégrer un internat à la rentrée.

Le cœur de Kate se serra.

— Un internat ? Je ne veux pas aller à l'internat.

Elle se mordit la lèvre comme Clara et Lizzie les rejoignaient.

— Kate vous a-t-elle raconté comment elle nous avait aidés à transformer le ranch en refuge ? demanda Lizzie après avoir embrassé sa sœur et son beau-frère.

Ses parents l'interrogèrent du regard, mais Kate était trop abasourdie pour répondre.

— Nous ne sommes plus obligées de vendre, expliqua Clara à sa place. Nous sommes une association caritative, maintenant, et nous allons rééduquer des chevaux maltraités. Nous avons obtenu l'autorisation, aujourd'hui.

Lizzie acquiesça.

— Ça ne va être pas facile, mais j'ai rendez-vous avec mon comptable la semaine prochaine, et si nous faisons des demandes pour percevoir des subventions, on devrait pouvoir s'en sortir.

Elle adressa un sourire à Kate.

— C'est quelque chose que j'avais toujours voulu faire, mais il m'a fallu la visite d'une jeune fille très remarquable pour me laisser croire que j'avais effectivement les moyens de le faire.

Le père de Kate passa le bras autour des épaules de sa fille.

— Tout ça semble merveilleux, dit-il, la voix teintée de fierté. Bien joué, Kate.

— Kate ? demanda Lizzie, confuse. Est-ce que ça va ?

— J'ai bien peur que nous ayons lâché une bombe, déclara la mère de Kate.

Elle avait l'air contrarié.

— Je suis navrée d'avoir gâché la fête.

— Maman et papa vont partir vivre en Iran, et je dois aller à l'internat en Angleterre, ajouta Kate avec raideur.

À son grand effroi, elle sentit les larmes lui brûler les yeux. Elle les ravala et pointa le menton en avant. Elle n'allait pas pleurer, pas le jour où Lizzie, Clara et tous les chevaux venaient de voir leur toit sauvé.

— Ça n'a aucun sens, dit Clara, les sourcils froncés. Surtout quand Kate pourrait tout simplement rester ici. Elle pourrait aller dans la même école que moi, à la rentrée.

Elle regarda sa mère d'un air implorant.

— Tu serais d'accord, hein, maman ?

Lizzie posa un regard affectueux sur Kate.

— Je ne suis pas sûre qu'on arrive à s'en sortir sans elle !

— C'est vrai ? dit Kate, qui pouvait à peine respirer en interrogeant ses parents du regard.

Elle repensa à la façon dont elle avait planifié de se faire renvoyer chez elle dès son arrivée ici et dont elle avait vu le ranch comme une punition qu'elle ne méritait pas. Et cela s'était révélé être le plus bel été de sa vie. Si elle devait prendre un nouveau départ, elle voulait que ce soit ici, sous le vaste ciel argentin, entourée de chevaux qui avaient beaucoup plus de problèmes qu'elle n'en avait jamais eu.

— Je peux rester ici ? S'il vous plaît ?

— Ce serait beaucoup demander à Lizzie, dit la mère de Kate.

— Vous ne demandez rien, répliqua Lizzie. C'est moi qui vous le propose. Nous adorerions que Kate vive avec nous.

Le père de Kate resserra son étreinte autour de sa fille.

— Je préférerais savoir Kate avec vous, ici, que toute seule en Angleterre, admit-il.

— Alors, c'est d'accord ? demanda Kate.

Son moral remonta en flèche.

— Tu peux rester jusqu'à Noël, et nous verrons d'ici là comment se passent les choses, proposa sa mère.

— Je ne sais pas qui embrasser en premier ! hurla Kate.

Clara jeta ses bras autour du cou de sa cousine.

— Moi ! Je suis tellement contente que tu restes, lui dit-elle. Tu n'es pas vraiment la grosse plaie à qui je croyais avoir affaire quand tu es arrivée !

— Et tu n'es pas vraiment aussi bêcheuse que je le pensais au début, riposta Kate.

— Hé ! Je t'ai juste demandé de rester parce que je ne veux pas nettoyer les écuries toute seule le matin, plaisanta Clara.

Kate sourit.

— J'imagine que faire valoir mon statut d'invitée ne marchera plus.

— Plus maintenant, non, confirma Lizzie. Le Ranch Batistuta est ta maison à présent.

La joie inonda Kate. Ses yeux se posèrent sur les chevaux dans le paddock. *Et la leur, aussi,* pensa-t-elle. *Nous avons tous trouvé un endroit dans lequel nous nous sentons véritablement à notre place.*

Retrouvez Kate
dans sa prochaine aventure :

UN RANCH POUR KATE

Le Galop de l'espoir

Table

Imprimé à Barcelone par:

BLACK PRINT

Dépôt légal : juin 2014
N° d'édition : L.01EJEN001113.N001
Loi N° 49-956 du 16 juillet 1949
sur les publications destinées à la jeunesse